糖都給你吃

Author 墨西柯 Illust 華茵Cain

3

一糖都給你吃

3

CONTENTS

糖都給你吃

3

CONTENTS

或許是因為在郊外，這家飯店的入住率也不高，所以顯得格外幽靜。室外是漫無邊際的雪，將這個世界映襯得泛著銀光，窗外竟如淩晨一般，並不是徹底的黑暗。

「圓規哥哥，你睡著了嗎？」杜敬之在寂靜的夜裡，突兀地開口，又故意壓低了音量，更顯得格外溫柔。

「沒有。」周末依舊是簡潔的回答，聲音冷冰冰的，沒有帶著任何溫度。

「可以跟我聊聊天嗎？我睡不著。」

「嗯。」

杜敬之深呼吸，突然覺得，周末喝點酒就跩得要上天了，讓他有點不適應。不過仔細想想，也真是平時被周末慣壞了，才會因為一點不熱情，就心裡不舒服。

他不由得惆悵，現在周末稍微冷淡了點他就覺得難過了，以後如果真的跟周末分開了，他會怎麼樣呢？

會歇斯底里？

會哭？

還是會一蹶不振，再也不肯戀愛了？

「你會覺得我煩嗎？」他問了第一個問題。

「不會。」

「我惹你生氣了，你會像罵柳夏她們那樣罵我嗎？如果我跟你嘮叨，你會像煩你大姑一樣的煩我嗎？如果我做了讓你不喜歡的事，你會像推杜衛家那樣，或者對謝西揚那樣地對我嗎？」

周末沉默了一會，才回答：「你會像柳夏那樣在我明確表態後，還不依不饒地糾纏，還集結一夥人來威脅我，並且覺得一切都是我的錯嗎？」

「恐怕……不會。」杜敬之要面子，不會做那種事情，估計只要感受到厭惡就會直接退出對方的世界。

「你會像我大姑那樣，擺出長輩的架勢對我說教，覺得我不按你說的做我這輩子就完蛋了嗎？」

「不會，我尊敬你的決定。」杜敬之也不是會對別人指手畫腳的人。

「最後一個，不可能。」

他有點不解，不理解這個「不可能」的意思，於是問：「什麼不可能？」

「因為太喜歡你，所以看到你被人欺負，或者被人算計，會比別人欺負到我頭上還讓人生氣。你憤怒的時候也會打架，你會為了周蘭玥這個朋友去報復高海濤，我為了我喜歡的人做了這些事情，很過分嗎？為什麼你要一直在意？」

周末的話語裡，還帶了點埋怨。

確實，杜敬之對這件事情已經耿耿於懷一段時間了，表面上不提，心裡卻在意。

周末就是怕這樣，才不肯告訴杜敬之。結果，這樣隱瞞，讓杜敬之在其他方面知道了之後反而更加不安。

周末醒著的時候，會迴避，盡可能回答得圓滑。醉了，就直白很多，直接說了自己心裡的心思，沒有任何遮掩。

「我只是想瞭解你，卻總覺得我不夠瞭解你。」杜敬之軟了態度，抱著周末的身體，將臉埋在周末的懷裡，聲音溫柔地說。

「可能我總在偽裝成老好人的模樣，所以冷不丁地做點出格的事情，就會引起你們的震驚吧……」

「嗯，確實有些。」在他的腦海裡，周末就是一個溫柔得不像話的人。

「其實我性格一點也不好，煩了也想罵人，惱了也想打架，可是就怕你們覺得我奇怪，只能一直忍耐。」周末的話語裡，多了一絲不易察覺的委屈，然後繼續說了下去，「小的時候總在動小聰明，知道賣乖的孩子會得到誇獎，會省去不少麻煩，還樂在其中。」

杜敬之聽完，忍不住咧嘴樂了：「所以入戲到出不來了？」

「算是吧，偽裝久了，就覺得，這就是我自己吧，有的時候自己也在想，是不是被壓抑了本性。但是髒話還是說不出口，不想看到別人奇怪的表情，所以一直忍耐著。我曾經偷偷在超市買了包菸，做賊一樣的緊張，還是穿著自己的衣服，到很遠的超市買的，然後蹲在角落裡，自己偷偷地學，沒學會，還覺得不喜歡那種味道。」

他聽到周末說這些，突然覺得釋然了。

周末這種早熟的孩子，就是比其他孩子早懂事，但是懂事的代價，就是要自己承受一些委屈，自我調節。「別人家的孩子」這一個稱呼，就讓周末背上了脫不掉的偶像包袱。

或許學習抽菸，只是周末到了叛逆期，想要自我嘗試。

抬起手，揉了揉周末的頭，輕聲安慰：「沒事，以後跟我不用偽裝。」

「沒有偽裝，跟你在一起，就會忍不住溫柔。」

「實在壓抑不住了，就釋放出來也行啊，周圍的人慢慢就習慣了，不會覺得奇怪了。」

「其實我最想的是跟小鏡子秀恩愛……」周末說著，歎了一口氣，「有一個這麼好看的男朋友，還不能顯擺，憋著真難受，操……」

「嗯，操……」他聽到周末說髒話，怎麼聽怎麼彆扭。

「我睏了。」

「那就睡覺吧。」

「好。」

這一夜杜敬之睡得很好，就好像一下子打開了心結，讓他沒有負擔地睡著了，第一次這麼輕鬆。

第二天一早，杜敬之剛睜開眼睛，就看到周末跪在床頭，一臉冥思苦想的模樣，給他嚇了一跳。

「你……幹屁呢？」杜敬之疑惑地問，一下子就醒了過來。

「我昨天是不是有點不對勁？」周末用的是疑問句。

「啊？」杜敬之被問得一愣。

「想不起來了，反正怕我做錯事，我先道歉。」

「哦……」杜敬之看著周末，哭笑不得了好半天，覺得這提前道歉也是滿高招的，最後擺了擺手，「你什麼都沒做錯，挺理智的，行了，洗漱去吧。」

周末又觀察了杜敬之一會，確定不像是說假話，也就答應了，起來去洗漱。

兩個人又折騰了一整天，才搭車去了火車站，然後回家。

到了家門口，兩個人決定先去杜敬之家裡放東西，然後再一塊去周末家裡休息，調整一下狀態，玩了幾天確實累了。杜敬之從口袋裡取出鑰匙，打開門，就聞到了一陣酒味。

杜敬之走進去，就發現家裡似乎很多天沒收拾過了，地板上還有泥鞋印，應該是有人穿鞋子進來了，加上家裡前幾天也下了雪，雪水融化了，特別的髒。

杜衛家就坐在餐桌前，面前放著一堆啤酒瓶，還有一桌子的毛豆、花生皮，也不知道是吃了幾天，還是一群人聚會完，剛剛散場離開。見到他們兩個人拎著行李箱進來，杜衛家立即蹦了起來，結果身體踉蹌了一下，險些跌倒。

「小兔崽子，你還敢回來，真是個畜生，讓你帶個孩子，也給老子出問題，找個什麼鐘點工，一天要老子四千塊錢！」杜衛家罵罵咧咧地走過來，剛靠近杜敬之就想去翻杜敬之的口袋，「你媽肯定給你留錢了，全給老子，不然老子廢了你。」

周末伸出手，把杜衛家推開了，只是說了一句話：「讓一讓。」

「讓個屁讓，我跟我兒子說話呢，輪得到你個外人插嘴嗎？」杜衛家罵了周末一句，或許是酒精的作用，他都不怎麼怕周末了。

杜敬之現在真是不想承認自己有這麼一個爹，於是只是回答：「你馬上就跟我媽離婚了，之後你就當沒有我這個兒子，我也不想認你，咱倆當成不認識，行嗎？」

說完，拎著東西就往樓上走，原本拎著行李箱到六樓，他已經累得有點喘了，現在被氣到了，居然一口氣就上了自己的房間，結果到門口腳步就一頓。

門被外力破壞了，上面還有幾個大腳印，鎖已經掉了下來，破了一個大窟窿。他推開門進去，就看到自己的屋子被翻得一團亂，被子上似乎還被人澆過水。地面上一些沒用過的畫紙跟衣服擰成了一團，都被人踩踏過，還有泥鞋印。

屋子裡的窗簾都被拽過，掛窗簾的欄杆都被拽了下來，半搭在書桌上。桌面上也是一團糟，他注意到，糖罐子還在，裡面的糖全沒了。

看到這個場景，杜敬之簡直要炸了。

周末就站在杜敬之的身後，也擰緊了眉頭。

杜衛家在這個時候屁顛屁顛地跟上來，還在罵罵咧咧的：「你知不知道你把你叔叔氣成什麼樣？給你房間砸了都是饒了你了，本來做生意就賠了錢，還得虧上兩千塊，不生氣就怪了。你個小畜生，真不是個東西……」

話語裡已經透露出他們倆出去賭輸了不少錢，結果回來後發現杜敬之請了鐘點工，一下子還請了兩個。兄弟倆只能一人出兩千元把鐘點工趕走了，心裡不舒坦，就砸了杜敬之的房間。

杜衛家還準備罵，周末就突然走過來，用單手按住了杜衛家的側臉，用力一推，直接把杜衛家的頭「咚」的一聲按在了牆面上。

杜衛家還沒上來，卡在樓梯中間，加上周末站得高，個子高，此時還被人按著，顯得特別憋屈。因為用力，頭被撞得疼，臉也被按得扭曲變形，腦袋還在一點點地往上提。

「你……你幹什麼你……」杜衛家被按著，難受得要命，聲音含糊地問，終於有點怕了。

「滾，我不想當著你兒子的面打你。」周末幾乎是咬著牙說出的這句話。

在杜衛家被按住之後，杜奶奶就神奇地出現了，手裡拿著一個拖把的棍子，站在樓梯的拐角處，舉著棒子貓著腰，一副蠻橫的模樣威脅：「放開我兒子，不然我打死你們兩個小兔崽子，你們敢碰我一下，我就訛死你們，你小子家裡有錢是不是，我能讓你家賠到傾家蕩產。」

在杜衛家罵杜敬之的時候，杜奶奶沒有出現。

在這兄弟倆砸杜敬之的房間的時候，杜奶奶沒有出現。

在家裡被弄得一團亂，需要收拾的時候，杜奶奶沒有出現。

現在，有人要揍她的寶貝兒子了，杜奶奶出現了，還是格外勇敢的架勢，卻讓人看了寒心。

周末看著杜奶奶，不屑地笑了：「真瞧得起自己，妳那條老命，不值錢。」

說完，他鬆開了杜衛家，拎著行李箱，直接對杜敬之說：「我們走。」

杜敬之回過神來，拎著自己的行李，直接用身體頂開門走了進去，然後直接從露臺門，去了周末的家裡。

進去之後，周末有點生氣，卻在嘟囔：「別跟那群無賴正面衝突，找個時間，你去把東西收拾一下直接搬出來，這個假期住我家裡，或者直接跟我去別墅住。」

「真憋，這都什麼人啊！怎麼就被我碰上了？」

「走走，下樓去買點東西吃。」

兩個人行李都沒收拾就直接下樓了，總覺得在家裡多待一會，都會壓抑到想打架。兩個人去超市逛了一圈，也沒想到買什麼好，最後也只是一人選了一瓶飲料。

結帳的時候，杜敬之的手機突然響了起來，他取出手機看了一眼，發現是杜媽媽打來的，立即接通了。

「喂，媽。」

「你跟奶奶吵架了？」杜媽媽開場就問了這麼一句。

「嗯，怎麼了，她給你打電話了？」

杜媽媽也煩，在電話那端罵了幾句才算是回答了：「老不死的給我打電話了，說我不會管孩子，你叫個外援一塊欺負她兒子。操！她兒子是人，我兒子就不是人了？要不要她那菊花一樣的老臉了？」

杜媽媽氣急了，罵人功力一點不亞於杜姥姥。

杜敬之半天沒接上來話。

「行了，你去姥姥家待幾天，那個老不死的無賴，你姥姥更流氓，而且有左鄰右舍的無腦護航，他們不會去鬧的。」杜媽媽這樣說道。

「妳這麼說姥姥，姥姥她老人家知道嗎？」

「有什麼知道不知道的，你姥姥年輕的時候是廠子裡的大姊大，後來金盆洗手，退隱江湖了，知道嗎你。」

「這麼厲害啊……」

「你比你老一輩差遠了，行了，就這樣吧，我這邊挺忙的，等我回去再跟你算帳。」
「跟我算什麼帳啊，我是被砸了房間的那個好不好？」
「你在火車上跟小男生親嘴的事，別當老娘不知道，還弄了個微博秀恩愛，嘖嘖。行了，我忙了，掛了。」然後就真的掛了。
杜敬之呆若木雞地拿下電話，盯著電話發了好一會呆，身體僵直，好半天沒動。
周末擰開了飲料瓶的蓋子，遞給了杜敬之，問：「怎麼了？」
他趕緊伸手把周末拽到了沒人的角落，一驚一乍地說：「你猜我媽剛才跟我說什麼了？」
周末見他緊張兮兮，不由得一愣，還真猜了起來：「杜衛家氣得願意離婚了？」
「不是！」
「那其他的事情，有什麼可大驚小怪的？」
「我媽知道我在火車上跟小男生親嘴了！」
周末立即嚇了一跳，驚訝地問：「你在火車上跟小男生親嘴了？」
「跟你！」
「我怎麼不記得！」
「就是在火車上，你睡著了，我怕你覺得喉嚨乾，餵了你幾口水。我突然有點明白，我上鋪的那個男的為什麼一個勁看我們倆了……他是不是認識我媽，見過我相片什麼的？」
周末聽完，點了點頭，表情也有點木訥，喝了一口水，想讓自己冷靜一下，然後才問：「阿姨什麼反應？」

「先對杜衛家娘倆的事罵罵咧咧的，然後最後才說我們倆的事，說回來跟我算帳，現在忙，就把電話掛了。」

周末又連續喝了幾口水，都咽得特別猛，抬手敲了敲自己的腦袋：「等會，我冷靜一下。」

「我冷靜不下來，我已經要炸了。」杜敬之完全慌了。

「你的意思是，相比較我們的事情，阿姨對杜衛家他們娘倆欺負你的事情更生氣？」

「嗯。」

「那就是說，阿姨對我們的事沒太生氣，如果她很生氣，知道之後就會給你打電話，而不是因為被杜衛家母子倆氣到了才給你打電話，順口一提。」

杜敬之也強行冷靜下來。

剛才被杜媽媽一提，他嚇得心臟都要跳到嗓子眼了，緊張得手腳發麻，都不知道該怎麼行動了，現在才覺得好了點。這個時候，周末握住了他的手，給他支持。

他這才點了點頭，回答：「好像是。」

「我覺得，阿姨好像早就發現了，只是沒有確定，也沒點破。這回只是確定了我們倆確實不正常，不對，是我們倆確實戀愛了，所以她才會這麼冷靜。」

「早就發現……了……」

「嗯，有的時候跟阿姨聊天，我總覺得她是在套我的話。她肯定一下子就猜到了，那個小男生是我。」

「那現在怎麼辦？」

「準備好過年一起給阿姨拜年，走吧，我們收拾東西去別墅。」

杜敬之站在原處，半天沒動，有點遲疑：「我們倆都被發現了，還出去同居，是不是有點苟且的感覺？不行不行，收斂點，我最近住我姥姥家，而且也得去畫室了，拜拜，有緣再見了我的哥哥。」

說完，拔腿就跑。

周末手裡拿著兩瓶飲料，看著杜敬之一個人狂奔了出去，有點不知所措。

杜敬之的行李還在他的房間裡，什麼東西都沒帶，就這麼慌慌張張地跑走了，估計是直奔杜姥姥家了。什麼都沒帶，豈不是又要穿花睡衣了？

強吻周末的那天杜敬之就是這麼跑的，穿了花睡衣。結果出櫃這天也是這麼跑了，估計還得穿花睡衣，周末有點想把這件睡衣跟杜姥姥要過來，等他們倆在的時候，讓杜敬之單獨穿給他看。

這讓他忍不住笑了起來，笑容有點邪，也不知道這一瞬間都想到了怎樣的畫面。

杜敬之到了杜姥姥家之後，看著放在床上的花睡衣，內心有點抗拒。

他有點不確定杜姥姥知不知情，於是問杜姥姥：「姥姥，我談戀愛了你知道嗎？」

杜姥姥正給杜敬之換枕套呢，聽了之後動作一頓，猛地抬頭看向杜敬之，問：「漂亮不漂亮？」

得，應該是不知情，還不打自招了。

「您之前不是告訴我不能找太漂亮的嗎？杜衛家就敗絮其中。」

「我後來仔細想想，你如果找了一個不太好看的，兩個人在一塊，你就像被包養了的小白臉似的，也不太合適。你還沒回答姥姥呢，漂亮不漂亮？」

「不好形容……反正在我心裡是最美。」

「喲！好話一句一句的，什麼時候帶回來給姥姥看看？」

他不敢跟杜姥姥說您早就見過了，只能表示：「以後有機會的吧，姥姥我要換衣服了。」

杜姥姥樂呵呵地點頭，一邊往外走，一邊交代：「談戀愛姥姥不在意，但是別把人家姑娘肚子弄大了，過度也傷身……」

「姥姥，出去關上門。」

「約會的時候，別讓女方出錢，錢不夠了姥姥給你。」

「姥姥，再見。」

杜姥姥歎了一口氣，還是走了出去，卻樂呵呵地在外間跟杜姥爺聊了起來：「敬兒有女朋友了，還挺好看的好像。」

「真的假的？我問問去……」杜姥爺說著就要進來，被杜姥姥拉住了。

「別去了，剛把我趕出來，估計初戀，不好意思。」

杜敬之就一邊換衣服，一邊聽姥姥跟姥爺聊天。

他在房間裡躺下不久就直接睡著了，還睡了個昏天暗地，其實也沒有想像中那麼忐忑。

迷迷糊糊醒過來的時候，就聽到了外面的說話聲，他翻了身，以為是來了鄰居，結果聽了幾句就清醒了。

「怎麼你還親自過來送東西啊，讓敬兒自己去取行了。」杜姥姥說。

「我也沒什麼事情做，就直接過來了。」周末回答，態度那叫一個好，模樣那叫一個乖。

「怎麼，聽說敬兒有女朋友了，你認識不？」
「啊……那個……應該算是認識吧。」
「長得好看不？」
「應該算是……挺好看的。」然後是他自己「咯咯」笑的聲音。
杜敬之立即從床上蹦起來，打開房間門，探頭往外看，問了一句：「你怎麼來了？」
周末已經進屋了，走過來，直接推房間門，生怕杜敬之又關門，同時還在回答：「來送點東西。」
「等會，我換身衣服你再進來。」
「別別別，讓我看看，我挺想看的。」周末的笑容根本忍不回去，推著門，硬是擠了進去，同時跟杜姥姥說，「姥姥，我跟小鏡子聊會天。」
「行，你們聊，我去給你們倆做飯，這麼晚了，要不你留這裡住吧。」
「行啊！」周末答應了，然後關上了門。
「你、你來幹屁啊？」杜敬之有點慌，壓低聲音質問。
「嗯，來幹屁。」說著，把杜敬之按在門板上，低下頭吻了下去。
穿花睡衣的樣子，真的……好可愛。

杜敬之內心是抗拒的。

他總是覺得，這種羞羞的事情在兩個人的房間裡或者是在賓館裡做就行了，但是在姥姥家裡做，怎麼想怎麼不知廉恥，有失體統！

可是周末的親吻太過溫柔，讓他不忍心拒絕，於是象徵性地抗拒了幾下，就順從了。

兩個人親吻了一陣子，周末才停下來，笑嘻嘻地看著杜敬之身上的睡衣，最後也沒說什麼，只是退後了一步，鬆開了杜敬之。

周末走到房間裡看了看環境，這才說了起來：「你離開之後，我就把我們倆的東西都收拾了，還在確定你房間裡沒人之後去了你的房間，把你的房間簡單收拾了一下，並且把你的衣服被子都搬到了我家裡，放在洗衣機裡洗了好半天。」

「哦……那謝謝你了。」

「客氣什麼，現在我家裡的陽臺掛著的都是你的衣服，還有你的床單、被套，等哪天有空了，咱倆一塊回去，把你的東西全部搬出來，以後就不回去住了，直到阿姨跟杜衛家成功離婚以後你們找到新的落腳點。」

杜敬之想起自己的門鎖都沒了就十分生氣，也確實不想回去了，恨不得用自己的稿費出去租房子住。前段日子依舊留在那裡，是因為能跟周末是鄰居，捨不得的也只有這個了。

他氣鼓鼓地坐在床上，想要罵幾句，卻沒詞了，畢竟杜衛家的親戚也都是他的親屬。罵一句「操他媽」都能想起杜奶奶的老臉，反而覺得這個罵人的詞挺驚悚的。

「行吧。」杜敬之妥協了。

「我給你帶了幾件換洗的衣服，還有睡衣，筆記型電腦跟手繪板也帶來了，你可以一直練習。我又給你買了一個無線上網卡，你看看套餐說明書，是B套餐。」

杜敬之伸手接了過來，拿著看了一會，又抬頭看周末：「花錢這麼大手大腳的，你家裡不說你？」

「不會。」周末只回答了兩個字，詳細就不多說了，「對了，作業也給你帶來了，一份不少，我看過了。」

吃完了晚飯，杜敬之坐在房間裡，把筆記型電腦放在床頭，趴著看微博。

新發的一月擬人圖已經有不少的評論了。

小一二：有種霸道總裁範。

霧月葵：我在想，畫外音小哥是不是就是這個樣子的。

蕭疏：畫風好棒啊！就喜歡這種踐帥踐帥的感覺！

歳沢：神仙畫畫。

Steaky：敬哥哥！求後續~求十萬粉福利。

他正研究著十萬粉能送什麼福利，周末就狂奔進了房間，一下子撲到了床上，抱著杜敬之撒嬌：

「剛才洗到一半沒有熱水了，我硬著頭皮用冷水沖洗乾淨的。」

「啊，我忘記提醒你了，我姥姥家熱水器用了挺多年了，容量特別小。」

「好冷。」

「來，杜哥抱抱。」

周末立即靠進了杜敬之的懷裡，小聲說：「小末末透心涼。」

「嗯，杜哥幫你暖暖。」

結果杜敬之的手還沒伸出去呢，杜姥姥就突然推門進來了：「敬兒，末末，你們倆還用再加一床被子不？」

周末進來的時候急，隨手關了門，沒反鎖，加上在家的時候家裡人進門前都會先敲門，他也沒反鎖的習慣，杜姥姥就這麼突然進來了，給他嚇了一跳，一下子推開了杜敬之。注意到杜敬之險些被推到床下去，又一把撈了回來。

「用！地上鋪上被子，讓這傻子打地鋪！」杜敬之咬牙切齒地說。

周末則是起身，笑眯眯地跟杜姥姥說：「姥姥，我跟你去拿被子吧，一床就夠。」

「哪能讓客人打地鋪，你這個人。」杜姥姥沒當回事，就當成倆人感情好，靠一塊看電腦呢。

周末抱著被子回來之後，委屈地放在了床上，對杜敬之說：「嚇死圓規哥哥了……」

杜敬之白了周末一眼，沒搭理。

第二天一早，周末就離開了，說是補習班要開始上課了，他只報了理科班，課程不算太緊湊，卻也是週一到週五的早九點到晚五點，週六日放假。週日則是雷打不動地去練習跆拳道，加起來也挺忙的。

杜敬之則是畫室還有兩天開課，主要原因是學生放假時間不一，在等放假晚的學生。他的課程要更鬆了，每天下午去就行了，上課時間只有三個半小時。

家裡的畫架被砸了，好在周末有先見之明，把他的畫跟一些畫具保住了，讓他還能繼續畫畫。

這兩天時間，他拿到了畫具就趕緊把封面圖畫了出來。

封面圖定稿的時候就照了相片，他照著相片畫，盡可能不驕不躁，從早畫到晚，只在吃飯的時候休息一下，也在第二天晚上搞定了，晾乾後放進了畫筒裡。

為此，周末在結束補課之後還特意來了杜姥姥家，取走了畫拿回去掃描，順便吃了晚飯，外加跟他親親、摸摸，不知羞恥了一陣子。

他們兩個人在確定關係之後就幾乎沒分開過，就連吵架都是立即就和好了，這回還是難得的分開兩地，弄得周末沒事就往杜姥姥家跑，兩天看不到就想得抓心撓肝的，半夜要打著電話才肯睡覺。

小倆口分開倒是弄得杜姥姥特別的幸福，每天都跟過節似的歡迎他們倆。

畫完了封面圖，他又畫了雜誌插圖的草圖，定稿之後對方表示可以在年後交稿，他估計了一下時間，覺得上色還來得及，也就沒著急。

於是他的日子就是每天起床畫一會插圖，然後跟杜姥爺下下五子棋，下午去畫室，回來之後用手繪板畫畫。

月份擬人圖已經發到了六月，追著他求連載的人越來越多。

與此同時，他還畫了冰城冰燈的圖片，一個系列的，湊夠了九張圖。可能是因為這個風格更有手感，讓他畫得比擬人圖快多了，直接發到了微博上去。

這一回的反響特別好，因為杜敬之已經漸漸掌握了手繪板以及軟體的使用方法，運用得當之後，加上一直有畫功，上手很快，要比一月擬人的那張圖自然多了。

這條微博在兩天之內再次上了微博熱門，轉發達到了五千餘次，評論也有六千多條。

他隨便看了看評論，一邊看，一邊微笑。

我是誰：敬兒的水準越來越好了！

是核桃酥的酥：能關注敬哥哥真的是太棒了。【哭泣】

爾玉：敬兒的畫感覺好暖啊，色調好棒，好看到哭，求出畫集，一定買買買。

ZCC：日常求跟畫外音哥哥合影。

折紙戲：夜空好好看！配色好舒服。

看了一會微博，又跟周末傳了一會訊息，他就開始準備做約稿的東西了。

到這個時候，他又開始糾結價錢的問題了，他真不敢出價，主要是怕對方覺得自己不自量力，於是想了好半天，最後只寫了一句話：帶價來。

這樣，覺得合適就接，覺得不合適就問能不能加錢，不加就不接，問題解決。

傳完之後，他習慣性地看私信，想要看看有沒有約稿的，在一群粉絲的私信裡找了一圈之後，他看到了一個特別的。

對方傳來的資訊很官方，不過他看明白了，對方是冰城的工作人員，非常開心杜敬之能畫他們的圖，他們的上級看中了這組圖片，想要買來版權做宣傳圖片。九張圖出價十萬元，並且希望可以做小小的修改，改動不大。

他看到十萬元這個數字的時候，還是小小地心動了一下。

原本畫這組圖只是一時手癢，想要試試手繪板，外加記錄一下他跟周末的第一次旅行，能被冰燈的工作人員看到還真是意料之外的事情，能得到報酬更是驚喜了。

十萬元，價格算是目前杜敬之稿費最高的一筆了。

他立即回覆消息：可以，請問需要如何修改。

對方好像不在線上，他看了一眼時間，發現如今已經晚上十點鐘了，猜測對方不是工作時間，於是就釋然了，跑去睡覺。

結果他的老毛病又犯了，一晚上做夢都是關於這組圖片以及十萬塊錢稿費的事情，似乎還夢到跟上次畫同人圖一樣，被人騙了，他還投訴無門。

第二天一早醒過來，他就打開電腦看私信，對方已經回覆了：您好，改動不大，只有幾處小細節，並且希望加一些東西，可以加您其他聯繫方式細說嗎？

他立即給了對方自己的QQ號，對方沒多久就加了他的號碼，兩個人是好友之後，等了一會，對方一下子傳來一堆文字，他仔細看了看，是對方希望修改的地方，改動確實不大，比如冰燈城堡某處加一個門，以及滑雪的公主裙子再加長一些，希望是後擺很長的那種。

他粗略估計了一下，這些改動他一上午就可以搞定，於是打字問：可以接受，請問你們如何支付稿費？

冰冰涼：是這樣，我們可以立即給您匯過去七萬五千元定稿稿費，您收到之後進行修改，我們收到成品後付剩餘稿費。

他想了想，覺得對方還挺大方的，就算後期賴了那兩萬五千元稿費，價格他也是能夠接受的，於是立即同意了。

在等匯款的時候，他已經開始打開原圖修改了，修改了一會，對方傳來轉帳截圖，表示已經匯款完畢。在半個小時之內，他就收到了訊息，提示他七萬五千元錢到帳了。

他看著卡裡九萬五千元的存款，突然覺得自己特別富有。

在這一瞬間，杜敬之激動得有點想要手舞足蹈，立即給周末打了一個電話，然後就被無視了。

哦，他忘記了，周末來電話是沒有鈴聲的，就算寒假了也沒打開。無奈了一陣子，正準備繼續畫呢，周末突然傳來訊息問：怎麼了？有急事？

杜敬之：我收到了一筆稿費！七萬五！定稿之後還能收到五千塊！

周末：這麼厲害，什麼稿費啊？

杜敬之：我之前畫的那組冰燈的圖片被官方看中了，買去做宣傳圖了，直接許諾給十萬，定稿的稿費已經到了。

周末：那真得慶祝一下，晚上請你去看電影？

杜敬之：哥都有錢了還用你請？我請客！

周末：好啊，去看電影，吃烤肉，外加一起出去住吧？

杜敬之：最後一個不行，我在我姥姥這呢，管得嚴，你不知道，我姥姥曾經是廠子裡的大姊頭，厲害著呢。

周末：哇，厲害，那就這麼定了，晚上我送你回去。

停止傳訊息，杜敬之依舊有點興奮，耐著性子，把圖片一張接一張地修改完畢，原文件傳過去之後，過了約有四個小時，杜敬之都在畫室裡畫畫了，突然收到簡訊，告訴他剩下的兩萬五千元錢已經到帳了。

這讓他突然發現，還是這些人有錢，要求少、給錢快、開價高，讓他一下子就打開了新世界的大門。

坐在畫室裡畫畫的時候，他就一個勁地傻笑，開心得不得了，覺得畫室裡的那些鍋碗瓢盆都可愛多了，還給正在畫的罐子中間畫了一個粉紅色的愛心。

杜敬之出了畫室，就看到周末已經等在門口了，不由得納悶地問：「你補完課了？」

「今天隨堂考，考完了評測我們的水準，明天講題，反正就是這些玩意，我提前交卷了。」周末說著，把杜敬之身上的背包拿過來自己背上了，然後問他，「今天畫了什麼？」

「還能什麼，速寫、素描、色彩，偶爾出去寫生，畫人體屬於特色課，一般畫室都沒有。」

「哦……我們先去吃烤肉，然後商量看什麼電影。」

杜敬之從自己的口袋裡抽出一張紙條來，很是得意地抖落開，說了起來：「我的購物清單，筆記型電腦一個，補點勾邊筆跟櫻花筆，還想買兩雙球鞋，我們倆一人一雙，給我媽媽買個包，給我姥姥買個足療盆。」

周末隨便瞥了一眼，問：「這點東西還列了個單子？」

「我記性不好不行嗎？要不是我今天心情好就直接揍你了，周小末末同學。」

「好好好，我錯了。」

兩個人到了商場，先是去吃了烤肉，然後就去買東西了。兩個人走了一圈，最後選的是一台兩萬七千元的電腦，還是周末幫杜敬之下的決定，配置還不錯，至少能用到大學。之後買足療盆、運動鞋、畫具都很順利，給杜媽媽買包就有點難了。

兩個人都是男生，雖然都是彎的，不過審美水準依舊是「直男」級別的，選了半天也選不好。最後站在店裡的一角，就像兩個長得還不錯的賊一樣，盯著其他顧客買包，最後看哪款包買的人最多，就給杜媽媽買哪個。

結完帳，杜敬之又窮了。

電腦就將近三萬元，運動鞋沒買限量款，兩雙像樣的也花了九千元，足療盆花了三千五百元，畫具隨便買買，沒幾樣也花了一千五百多。包也沒挑最好的，只是小牌子，花了一萬兩千五百元，加上剛才吃飯和一會要看電影，他一算帳，發現自己就剩六萬五千多了。

錢可真不耐花。

不過，杜敬之依舊開心地捧著一堆東西去看了電影，然後跟周末一塊回了杜姥姥家。

周末原本打算給杜敬之送回家就走，結果剛進門，就看到杜媽媽也在屋裡，兩個人一齊僵住了。

說真的，想得明白，看得開，心裡有把握，可是看到杜媽媽本人了，兩個人還是有點慌。

尤其是周末，心虛得不敢跟杜媽媽對視了，畢竟拐跑了人家兒子，還硬是剝奪了人家兒子的床上主權，成了下面的那個。

「喲，一塊出去的？」最後，還是杜媽媽先開口了，話語中有種說不出的味道，反正語氣不是太好，沒有之前熱情。

「嗯，媽你怎麼提前回來了？」杜敬之立即拿著一大堆東西，走了進來，強顏歡笑地問。那笑容堪比哭。

「我還不能回來了？」杜媽媽立即提高了聲音問。

「行啊，就是有點意外。」杜敬之趕緊補救。

這個時候杜姥姥已經從廚房裡出來了，一眼就看到他們倆拎了不少東西，第一眼看到的就是那個足療盆的盒子，立即就樂了，直接迎了過來：「怎麼買了這麼多東西？」

杜敬之就好像看到了救星，立即說了自己掙錢的事情，先是說自己的微博是周末幫忙註冊的，這點重點強調了一下周末的長遠眼光。然後說因為這個微博，有人找他畫畫，之後畫被冰燈官方看中，他前前後後賺了十二萬元了，還用這個微博給杜姥姥的店打過廣告。

他進入屋子裡，就跟獻寶一樣地把買的東西給了杜媽媽跟杜姥姥。

杜姥姥聽了沒多高興，反而還擔心起來，只是一個勁地問：「這玩意靠譜嗎？是不是騙子啊？會不會先給你一些錢，然後騙你更多啊？」

「不能啊，我也是付出了勞動換來的勞動果實，屬於正常的賺取外快，勞動所得。」杜敬之立即否認了。

杜姥姥還是擔心，雖然看著這些東西挺想高興的，卻總覺得心裡不踏實。在她這一輩人眼裡，網路就是不太靠譜的東西，裡面都是壞蛋，卯足了勁會坑害她天真可愛的外孫子。

周末在這個時候終於出聲了，跟著杜敬之一塊安慰杜姥姥，說杜敬之賺的錢很穩妥，沒有什麼問題，還很耐心地解釋了都是什麼樣的人跟杜敬之約稿，他們要了圖之後的用途，得到了圖片，他們也能盈利，沒必要騙杜敬之。

杜姥姥這才算是放心了：「末末聰明，有末末給敬兒把關，估計也沒事……」

杜敬之不樂意了，坐在沙發的角落，歪著嘴抱怨：「說得好像我傻乎乎似的。」

「你就是傻乎乎的，單純！處世不深，容易被騙。」杜姥姥說完，就開始擺弄自己的足療盆了，到一邊跟杜姥爺準備挨個試試看感覺。

杜姥姥走了，場面就再一次尷尬了起來。

杜媽媽從頭到尾都沒看那個包一眼，只是坐在一邊，直直盯著兩個小男生看，好像第一天認識他們似的。

杜敬之重重地吞咽了一口唾沫，終於開口：「媽。」

「嗯。」

「妳什麼時候回來的？」

「下午。」

「哦……」

杜媽媽抬眼看了周末一眼，突然問：「周末啊，這麼晚不回去，家裡不擔心嗎？」

周末知道，杜媽媽這是下逐客令了，立即心裡忐忑起來，跟杜敬之對視了一眼，這才微笑著說：「沒事，我在這邊，我家裡放心。」

「我聽說，你最近經常過來這邊？」

「嗯，過來看看小鏡子。」

「行，我知道了，你先回去吧，家裡該擔心了。」再一次趕客。

周末坐在沙發上，雙手放在膝蓋上，下意識地握緊了一下，然後抬頭正視杜媽媽：「阿姨，是我先動歪心思的，不怪小鏡子，您別怪他。而且，我們感情很好，會互相鼓勵著進步，不會耽誤什麼，這一點您可以放心。我對他……」

「行了。」杜媽媽在這個時候打斷了周末，「別人家的孩子，我管不著，我想先跟我兒子談談，知道他的想法之後，我再決定如何處理這件事，你先回去吧。」

「好。」周末在這個時候站起身，在衣架上拿起外套，遲疑了一下才說，「阿姨，我特別喜歡他，所以不會分開。」

杜媽媽聽到這句話，立即覺得腦仁直疼，擺了擺手，示意自己聽到了，你別說了，趕緊走吧。

這回周末終於離開了，還跟杜姥姥他們道別：「姥姥，姥爺，我走了啊。」

「留在這住唄，這麼晚出去多危險啊！」杜姥姥立即扯著嗓子喊。

「沒事，我一個大男人，不怕這個。」

雖然是這樣說，杜姥姥還是給周末送到了門口，等周末走了，杜姥姥才笑呵呵地回來：「周末這小子看著是討人喜歡，我要有孫女，就撮合他們倆。」

杜媽媽面無表情地看著杜姥姥，什麼也沒說，杜姥姥也就繼續回房間擺弄足療盆去了。

杜媽媽在這個時候終於拆開了包裝，拿出包來看了看。包是黑色的，百搭，而且款式還是最熱的，杜媽媽看到之後立即覺得很喜歡，卻沒說什麼。

「媽，妳……」杜敬之欲言又止。

「我以前看他挺喜歡的，現在看到他心裡就難受，越看越討厭，感覺他就跟偷了我家老母雞的黃鼠狼似的，看起來賊眉鼠眼的！」杜媽媽說著，特別生氣，還忍不住哼了一聲，有種自家閨女被壞小子拐走了的憤恨。

杜敬之有點彆扭，跟杜媽媽聊這個讓他非常尷尬，完全不知道該怎麼開口。他也是最近才跟杜媽媽心平氣和地聊過離婚以及高考報班的事情，完全沒有跟母親敞開心扉和平聊天的經驗，更何況還是聊出櫃這種事。

心臟一直在「撲通撲通」地亂跳著，沒有節奏，完全亂了章法。因為不安，他的兩隻手握在一起，來回揉搓著，遲疑了好一會，才說：「其實我也喜歡他。」

杜媽媽聽了，長長地歎了一口氣，隨後站起身來，說：「走吧，去小房子那裡，我們去收拾一下，過陣子我們要住那裡。」

「哦……不是說那個房子以後是舅舅的嗎？」

「目前還不是，你姥姥已經把租客趕走了，我們先在那裡住一陣，帶著東西，我們倆去收拾。」

「好。」

杜敬之從姥姥家裡拿了抹布還有掃把跟拖把，披上外套，就跟杜媽媽下了樓。

另外一套房子就在社區內，因為這裡屬於市中心的位置，就算是老破小，也特別好租。房子是一室一廳，為了好租，特意在靠近陽臺那邊隔出來一個房間，當成是兩室，讓客廳成了暗廳。

之前的租客已經走了，不過住得不算乾淨，一進去就看到一堆破爛，地板都有凝固的污漬，一踩了就黏腳。

杜敬之來回看著環境，似乎有點嫌棄，覺得這裡環境差太多了。

這個時候，杜媽媽開口了：「你那個奶奶進醫院了。」

「啊？」杜敬之還挺意外的，前幾天見到的時候還生龍活虎的。

杜媽媽撇嘴一笑，然後說了起來：「我也是被電話轟炸回來的，聽說她是在給我打完電話抱怨之後還氣不過，就拿著拖把棍子去你的房間了。她還不敢進去，一邊在門口叫罵，一邊用棍子一下一下地撞門，然後力氣沒掌握好，從樓梯上摔下去了。」

杜敬之房間的門門鎖壞了，沒有固定的東西，用棍子一頂就又合上了，杜奶奶歲數大了沒掌握好平衡，一下就摔了下去。

「我都不知道這事……」不過還有點幸災樂禍。

「後面更精彩，這老傢伙摔倒了，杜衛家只是把她扶起來，送屋裡躺著去了，結果第二天就不行了，送醫院去了，具體情況我不知道，我也沒去看。然後，需要醫藥費的時候，杜衛家就跑周末家鬧去了，說是周末對你奶奶動手她才摔倒的。」

「要不要臉了?周末都懶得搭理這老傢伙！」

杜敬之一聽說周末被訛了，立即憤怒地嚷嚷了起來。

杜媽媽看了杜敬之一眼，眼裡有點鄙視的意味。

思量了一會，她這才說了下去：「後來，周末媽媽打電話給我，我就跟她說，我現在接到杜衛家跟你奶奶的電話都會立即錄音，時間、錄音、通話記錄都有，能證明那個時候你奶奶還好端端的。然後周末媽媽去樓下超市找了監控影片，你們倆在超市裡待了好一陣，有不在場證明，把杜衛家說的時間頂回去了，杜衛家也知道那時候房間裡確實沒人，站不住腳了，才沒繼續鬧。」

「真無恥。」

「確實無恥，我也不打算繼續跟他們耗下去了，你回來之前我跟你姥姥商量了，就按你說的辦。你姥姥是本地人的，還自己開店，人緣好，認識不少地頭蛇，到時候就找杜衛家麻煩去，逼著他離婚！」

「我姥這麼帥？」

「沒跟你說是怕你學壞了，不過最近我覺得我不能太懷疑你，就作罷了。」

杜敬之沒好意思說，他在學校裡也不怎麼安分。

「前幾天，杜衛家又出去賭了，你姥姥找人打聽了，他跟他弟弟一共欠了三十萬多。加上杜衛家以前欠的債，我估計他大概欠了四五十萬，他如果被逼還債，就得賣房子。」杜媽媽進入屋子裡，先進了臥室，用掃把到處掃。

杜敬之拎著拖把，跟著杜媽媽拖地，同時問：「不會要妳幫著還債吧？」

「我決定了，找催債公司的錢，我出了！到時候被欠錢的人還得謝謝我呢，杜衛家這個人怕死，肯定會同意離婚，然後趕緊賣房子把錢還上，如果真的怕了，恐怕還會求我趕緊離，到時候條件好談，什麼都我說的算。」

杜敬之扭頭朝杜媽媽看了一眼，突然覺得，自己媽媽耍起流氓來還挺帥的。

「妳沒事就行。」杜敬之說。

「所以我總在想，你會喜歡周末，是不是因為從小缺少父愛。」

這回，終於聊到了他們倆的問題，杜敬之拖地的動作一頓，沒回答出來。

杜媽媽歎了一口氣，這才說了起來：「從小周末這小子就喜歡圍著你轉悠，你這破性格他都忍了，還特別寵著你的樣子，我就覺得他要不是性格太好，就是圖謀不軌。後來我自己還檢討，覺得我想多了，兩個小男生，關係好而已，能怎麼樣呢。」

結果賊眉鼠眼的周末真的是圖謀不軌，還把杜媽媽哄得樂呵呵的。

「我……我也一直……」杜敬之有點不知道如何開口。

「我每次試探的時候，看你們倆的那個小眼神就覺得有點不對勁，卻也不能說什麼，只能當成是男生的友誼。有的時候我在想，是不是因為我老誇他好才讓你喜歡上他的，或者……是家庭原因？讓你在周末的照顧裡，找到了父親一樣的感覺，然後產生異樣的感情，然後你們倆在一起了？」

「不是的媽，我就是喜歡他，挺早就發覺了。」

聽到杜敬之這麼說，杜媽媽到底還是有點無法承受，深深地歎了一口氣，遲疑了一會才說了起來：「你們發展到哪一步了？」

「就是確定交往了。」

「你比他小，而且還沒成年，不能太過分，知道嗎？」

「知道啊！」

「還有，你們對未來有打算嗎？」

「談過一次，不過吵起來了，他讓我跟他一塊考華大，讓我考華大美院，跟開玩笑似的。」

「華大？」杜媽媽聽了，也覺得挺不可思議的，然後表示，「也不是不能試試看。」

「啥玩意？我？」杜敬之指著自己的鼻子問。

杜媽媽點了點頭，還很正式地說了出來：「就這麼同意了，我總覺得心裡不舒坦，好好的一個兒子突然就成別人家童養媳了，我什麼心情？你們倆要是能努力點，真一起考華大去了，我也願意認可你們倆。」

杜敬之一聽就崩潰了，一臉不可思議的表情問：「媽，您不能這樣，這要求下來，需要努力的只有你兒子！」

「他怎麼不需要努力了，他得鼓勵你，外加督促你學習啊！」

「可是……」

「沒有可是，不同意就分手。」

杜敬之拿著拖把棍子，晃了晃，這才不情不願地問：「其實您都同意了吧，只是提個要求，想為難我們一下。」

杜媽媽一聽就不樂意：「我想為難你們一下？我十月懷胎，母乳兩年，為了你辭職，沒日沒夜地帶你長大成人，不指望你多孝順我，就想你平平安安順順當當的，結果突然給我領了一個男朋友回來。你知不知道我的那個同事跟我說這事的時候我什麼心情？」

提起這個，杜敬之才想起來，問：「火車上我是碰到您同事了？」

「算是吧，我在公司裡炫耀過你相片，說你長得帥，他看到過。結果在火車上就碰到你跟那小子親嘴，回來就跟我說，我兒子是個變態，我指著他鼻子罵了三天都沒消氣。」

「對不起，我不知道會這樣，沒想給您添麻煩的。」知道這事，杜敬之還有點內疚。

「你還知道？你跟這小子在一塊，我肯定得被指指點點的，我心裡不舒坦，還不許我談條件了？」

「可是……能不能換一個？」

「不能！」

「為什麼啊？」

「因為我沒想到更符合我心意的條件。」

杜敬之無語了，同時開始慶幸他沒找一個女朋友，不然這種無理取鬧的場面他可不會應付。遲疑了好半天，才勉為其難地應了：「行吧，我努力試試看。」

「考不上就分手！」

「那我就離家出走！」

「嘿！你小子翅膀硬了是吧，還學會私奔了，我告訴你，你要是敢離家出走，我扭頭就把你小時候紮兩個小辮子光屁股對著小皮球尿尿的相片傳給周末。」

他看著杜媽媽好半天，才妥協了：「行，您贏了，完美的勝利，需要擊掌慶祝一下嗎？」

「滾蛋，別跟我貧嘴。周家知道了嗎？」

杜敬之搖了搖頭，周末還沒跟家裡說呢，說沒到時機。

杜媽媽則是說了起來：「我們家裡這個情況，讓我在發生這種事情之後會進行自我檢討，然後也能接受，因為我覺得可能問題出在我的教育方法上了。但是周家不會，他們家庭和睦，並且對周末的期望很大，如果他的人生裡出現這麼大一個問題，周家不會平靜解決。」

「這個……我也想過了，一直在想。」

「周末媽媽別看思想還挺開放的，但是某些方面還是很傳統的，之前跟我聊天的時候還聊過關於周末之後婚姻的問題，似乎對孫子很憧憬。想讓她接受一個男媳婦，有點難。」

「周末說他會搞定家裡的人。」

「周末他確實有點小聰明，不過處理不好容易搞砸。而且，周家對我們母子倆不錯，如果周末媽媽真的來找我，我恐怕……也會勸你們分手，因為會覺得內疚，你明白我的意思嗎？」

杜敬之也跟著點了點頭：「嗯。」

078

其實杜媽媽心軟。

在杜敬之看來，有的時候自己的母親堅不可摧，有的時候卻又脆弱不堪，雖然想依靠她，也想保護她。

說起來，他的母親並不是毫無缺點，並且缺點都挺明顯的，但是披上「母親」這層外衣，就又弱化了這些。

歸根到底，是母親疼愛自己的孩子。

兒子是同性戀這種事情，輪到誰，誰都不會心裡舒坦，也不會輕易接受。在杜媽媽知道了這件事情後，沒聯繫杜敬之的這段時間裡，內心的煎熬和糾結只有她自己知道。

她聽杜姥姥說，杜敬之有一個微博，還給店裡打了廣告，引來了不少顧客。知道後，她就搜了微博，看到了杜敬之的微博，每條微博都看了，影片也看了，甚至是一些評論。

越看越覺得心裡不舒服，特別不安，又怕跟杜敬之聯繫會忍不住發怒，硬是準備再觀察一下。結果，自己的同事跑來跟她說，她兒子是個變態，在車上跟小男生親嘴。

如果是其他時候，杜媽媽肯定不信，但是看過杜敬之的微博之後，杜媽媽直接信了，也確定了內心的想法。

杜敬之跟周末都是她看著長大的孩子，自己的孩子自然是喜歡的，周末也是最讓她喜歡的。她一直覺得，周末這個孩子太討人喜歡了，就算把自己兒子勾搭走了，也討厭不起來。

其實能跟周末在一起，杜敬之是占了便宜的，她甚至有點得了便宜還賣乖。

但是……還是不能做到灑脫，還是不能立即接受。

不過又能怎麼樣呢……

想到這裡，她又忍不住歎了一口氣，繼續收拾屋子。

「媽。」杜敬之在這個時候一邊拖地一邊說，「周末特別好，從來都不跟我發脾氣，一直寵著我，而且在我因為家裡那兩個糟心的人難過的時候，都是他在安慰我，給我支持。有的時候，他確實像一個父親一樣照顧我，但是我覺得，他在我的人生裡就像太陽一樣，暖暖的，又很明亮，給我帶來光明的那種。」

「說這話也不嫌害臊。」

「我在意的人特別少，他算一個，妳和姥姥、姥爺也是，缺了誰都不行，都不完整。我不想我最在意的人不能接受彼此。」杜敬之說完，有點不好意思，自己也覺得自己的話說得有點肉麻了，抬手擦了擦鼻尖，羞澀地笑了笑。

杜媽媽沉默了一會，才把掃把一摔：「你自己收拾吧，我不管了，生氣。」

「我收拾！您歇會。」

杜媽媽又瞪了杜敬之一眼，罵了一句：「我都做好以後婆媳戰爭的準備了，結果又……這叫什麼事呢！」說完就出去了。

杜敬之知道，這是杜媽媽已經在試著接受了，不由得鬆了一口氣，趕緊停下來，從口袋裡取出手機，它已經振動好幾次了，他一直忍著沒拿出來。
打開，果然看到周末又開始訊息轟炸了。
周末：小鏡子，阿姨沒罵你吧？
周末：結果怎麼樣？緊張死我了，我就在你家附近站著等呢，如果有事我就回去。
周末：外面特別冷，我居然緊張得手心都是汗。
周末：要不我給阿姨打電話，我跟她解釋吧。
他看著訊息，忍不住笑得暖暖的，偷偷看了一眼門口，杜媽媽沒回來，立即打字回覆：我跟我媽談完了，她算是妥協了，只是還有點糾結，說是如果我能跟你一塊考上華大她就接受，估計就是想為難我們一下。我現在被我媽罰一個人打掃房間，以後我們在這裡住，你回家吧。
周末立即就回覆了訊息：我幫你打掃吧。
杜敬之：別了，我媽現在看到你容易受刺激，就感覺黃鼠狼來拜年了。
周末：你一個人打掃太累了，我已經往那邊走了。
他無奈地歎了一口氣，這才走到門口跟杜媽媽說：「媽，黃鼠狼要過來了，幫我打掃來。」
杜媽媽正撕隔層上的膠帶，一聽就急了：「他還沒走？」
「沒，在樓下傻呼呼地凍了半天了。」
「還打算在這過夜之類的？」
「不，打掃完就走。」
杜媽媽立即就虎著臉，掐著腰就要罵人，結果就聽到了敲門聲，她快步走過去打開門，就看到周末已經站在門口了。

「你們倆要合夥欺負即將離婚的孤家寡人是不是?我罰我兒子一下,你就來賣乖了?啊?笑什麼笑,屁股後面的尾巴都要漏出來了!」

周末一臉無辜,偷偷瞄了杜敬之一眼,杜敬之只能聳了聳肩,表示自己也沒辦法。

「阿姨,你罵人的時候特別英姿颯爽,就跟花木蘭似的。」

「花個屁!少拍馬屁!」

「沒有,是實話,特別帥。」

杜媽媽本來還想繼續罵幾句,結果就沒詞了,周末已經橫著蹭了進來,那模樣根本就是表示,他是不打算走了,微笑著顯示著自己的厚臉皮。

她需要仰頭看這個少年,看了一會,又看了看自己兒子,終於妥協了,指了指周末,低聲說:「你這臭小子,別把我兒子弄傷了!」

「嗯,不會的。」

她白了周末一眼,隨後說:「行了,你們倆收拾吧,我在姥姥那裡住,一會給你們倆送被子過來,你們倆就在這湊合一晚上吧。」說完又問周末:「跟你家裡打好招呼。」

「嗯,好。」

「如果你家裡問起來,就說我特別反對,反對得要死要活的,知道嗎?」

「好。」

杜媽媽走了之後,兩個人同時鬆了一口氣,杜敬之立即走過去,抱住了周末,長歎了一句:「我剛才要緊張死了，我還以為我死定了。」

「我也嚇壞了，完全沒做好心理準備，不過結果是好的就行。」周末也抱著杜敬之，在他的額頭親了好幾下，有種劫後餘生的慶幸感。

兩個人親了好一會，杜敬之才去看周末的手，因為在冬天站在雪地裡，沒戴手套捧著手機好半天，手已經凍得通紅了。杜敬之捧著周末的手，用自己的雙手包著，然後連續親吻指尖，有點心疼。

「好了，我們打掃吧，不然晚上沒地方住了。」周末說完，開始查看這裡的情況。

對於老破小沒有什麼太大的期望，不過還是覺得這個環境差了點，裝修只能算是低檔，牆面油漆斑駁，還有漏水的水痕，地板的瓷磚也裂開了不少。

周末總覺得，住在這裡有點委屈杜敬之了，想把他接自己的別墅裡去住，還怕杜媽媽不同意。

兩個人一邊收拾，一邊聊天，沒一會杜媽媽就過來送東西了，過來的時候，兩個人才剛剛收拾完臥室。

「挺晚了，先這樣吧，收拾出個地方睡覺就行，我明天處理完事情就又走了，到時候繼續到姥姥家住去，這個地方就放我們的行李就行了。」杜媽媽說著，把東西放下就直接走了。

周末到了床邊，擺弄那些被子，看了一會說：「我覺得阿姨是在之前就做了準備的。」

「做什麼準備？」

「比如查我們這些事，她還交代說，讓我別弄傷你，估計也猜到你是……了。」

「操！」杜敬之立即罵了一句。

「而且被子只給了一床，估計也算是默認了。」

杜敬之站在床邊看了看，然後無情地說：「我猜是姥姥家的被子不夠用了。」

「哦……」

不過，很快，兩個人就一塊笑了起來，好半天停不下來。

一直擔心的事情，終於已經解決了其中一件了。

晚上躺在被子裡，杜敬之正昏昏欲睡，就聽到周末問他：「小鏡子，你喜歡什麼數字？」

他睜開眼睛，就看到周末在傳訊息，遲疑了一會回答：「十一。」

「十一顯得多光棍啊。」

「符合我們倆，兩個棒棒湊一塊，情侶棍。」

「哦，好的。」

「你幹什麼啊？」

「開學就要訂做球衣了，籃球隊隊長問我要什麼數字，我已經回覆他十一號了，他說可以。」

杜敬之含糊地應了一聲，然後把手伸進周末衣服裡一個勁地亂摸，摸夠了，才美滋滋地睡著了。

其實今年的這個年一點年味都沒有，不知道為什麼。

小時候過年，總是日夜盼著，有新衣服，有壓歲錢。現在過年，就是象徵性地去拜年，然後就回家看春節晚會的重播，翻來覆去吃各種口味的餃子。

難得有閒置時間，兩個人又去私人影院看了兩次電影，就沒其他時間見面了，開始各家親戚家裡來回聯絡感情。

大年初四那天，劉天樂打來電話，直接問：「杜哥，出來狂歡吧！」

「老了一歲，沒激情了。」杜敬之沒什麼興致。

「我們四人幫，再加上我女朋友，你帶不帶家屬？」

「小周妹妹也來？」

「她說她不來，不過我估計到集合地點的時候她已經在等我們了。」

「我覺得也是。」

「去吃飯，然後唱歌，半夜再回去。黃胖子跟小周哥哥還沒怎麼接觸過呢，倆人打過一架，應該試著和解。」

杜敬之想了想，覺得也行，然後問劉天樂：「你跟黃胖子說了嗎？」

「說了，那傢伙直接來了一句，出去 high 還帶家長啊！」

「屁家長……我們家小周哥哥性格很好的。」

「嘖，我怎麼那麼嫌棄你呢？」

兩個人互相數落了一會，就把一塊出去玩的事情定了下來。

掛斷劉天樂的電話，杜敬之直接打電話給周末，想要詢問他有沒有空。電話剛接通，就聽到周末說了一句：「我不吃了，實在吃不下了。」

「吃什麼呢？」他立即笑了，問。

「小鏡子，救命啊……」周末立即賣慘。

「怎麼了你？」

「不知道為什麼，親戚組團給我家買核桃，成災了，我現在一天得吃一堆核桃，不然是解決不掉這些東西的。」

「這不是給你補腦呢嗎，讓你好好考試。」

周末在那邊又嚼了起來，一邊吃一邊嘟囔：「一點也不好吃，我得用水吞下去，一個個吃的還很苦，跟吃藥似的。」然後把電話拿遠了些，對家裡喊，「媽，我上樓了，別給我送東西了，我什麼都不想吃。」

「飲料喝不喝？」這是周媽媽的聲音。

「不喝，我喝白開水就行。」

「家裡還有杏仁奶。」

「不喝！」

喊完，就是快步上樓的聲音，同時繼續跟杜敬之聊天：「你那邊怎麼樣啊？」

「能怎麼樣，不怎麼樣，我姥姥每天做十道菜！十道！三個人吃，我舅舅他們家也就來了一天就走了，之後還是我解決，我就算能吃也不是飯桶啊！」

「你多吃點行，最好能胖點，我總怕給你壓散架了。」

「別臭不要臉！」

「養肥了，就可以吃掉了。」周末說完，一下子撲到了床上躺下，然後小聲嘟囔，「想你了，想得都失眠了，想抱你睡。也想小之之了，好久沒摸摸它了。」

「你明天有空嗎？」

「去開房嗎？」

「滾開！」

周末又開始笑，笑聲吹拂著話筒，讓杜敬之都聽得見。

「明天劉天樂他們要出去玩，你來不來？上次你見過劉天樂跟他女朋友了，這回還有黃胖子跟小周妹妹。」杜敬之直接說了正事。

「這麼多電燈泡？」

「你愛來不來。」

「去去去，必須去，盛裝出席。」

「那行，我知道了。」

「對了，小鏡子，我給你弄了一個微博認證，你看到沒？」

杜敬之就坐在電腦前，正要畫畫呢，聽到周末這麼一說，趕緊切到微博頁面去看，果然看到自己成了黃V。他還挺驚訝的，然後就看到認證簡介寫的是：熱門話題人物國民校草。

「我操，這是什麼鬼？」

「你之前不是被送去參加了一個話題嘛，還因為這個話題吸引了不少粉絲，一下子就被評為國民校草了，然後你的微博關注度夠，微博經常上熱門，流量也夠，所以就成功認證了。」

杜敬之又看了一會，還是忍不住說了起來：「這簡介……怪讓人不好意思的。」

「沒事，我們家小鏡子帥帥的，顏面擔當。」

「那我還給那個雜誌畫什麼插畫呢，挺複雜的，還沒有多少稿費。」

「小鏡子，你的心態不對了，現在最重要的不是錢，而是一種宣傳，一種累積跟沉澱，讓你有資本為未來鋪路，這就叫可持續性發展。」

「是是是，圓規哥哥說得對。」

「最重要的是，你都畫完了，別浪費了。」

「嗯，這個是重點。」

兩個人又聊了一會杜敬之就掛斷了電話，繼續畫畫。

雜誌的插圖已經畫完了，並且掃描完畢，加上這幾天放假，讓他更有時間研究手繪板，他也就繼續畫月份擬人圖了，如今在畫的已經是十一月了。

前陣子，有人私信他，想買這組擬人圖，給他一張一千元的價格，他看完都震驚了，懷疑對方少打了一個零。他還是表示價錢有點低，結果對方就開始說他功底不行，色彩太爛，他們只是看中了創意，找人畫估計比一千元還低。

杜敬之只能無視這個人了。

自從他賣了一組九張圖十萬元之後，就已經發覺自己的畫並沒有那麼廉價了，不可能再低價賣自己的作品，那都是對自己努力的一種否定。

發完十一月的擬人圖，他簡單地活動了一下肩膀，去看私信，發現又來了幾份約稿。

這個時候，杜敬之才知道有漫展這個東西。

好多人找他畫同人、周邊、展架圖，這批找他約圖的人就客氣多了，明顯年紀不大，而且是混二次元的，人都萌萌的。比如會叫他大神、帥草草、小敬兒、敬哥哥之類的名字，然後打滾賣萌，客客氣氣地詢問他們給的價格可不可以，能不能接。

也不知道這些人，怎麼就那麼有錢，聽說他時間不太夠，愣了一張圖給他加價到了一萬五千元，拚命保證要求不高，只想求他一幅畫，他也有點心動，後來接著接著，就發現自己整個寒假的檔期都滿了。

還有些人跟他求畫頭像這種不算太複雜的東西，一張也就一兩個小時就搞定了，一個頭像可以要價五百元。

他樂呵呵地接稿，然後用筆記本記下來微博名字、價錢、需要用的時間，寫了幾頁，一直把工期安排到了開學後。

開學後，他就得好好用功了，畢竟被杜媽媽威脅了，要考華大。他覺得，自己也該為了自己偉大的愛情努力一下，就算是考不上華大，也能試著考其他的重點大學，到時候杜媽媽也不能再說什麼。

然後再粗略地一算帳，開學的時候估計能賺十萬元錢，他又開始興奮了。

計畫完了日程，就開始回覆之後的約稿，表示自己沒有檔期了，回覆的時候，又看到有人對他的十二月擬人感興趣了，想要跟他詢問價格。

他也沒有什麼定位，於是問對方：您的預算是多少？

對方立即回覆：是這樣的，我們是文具公司，想推出一個系列的文具，覺得您的這個創意很合適，估計會用在筆記本封面、日曆的內部插圖、貼紙等。您的作品我們看過了，只有人物，並沒有複雜的背景，我們的預估價位是一張圖一萬元，買斷三年版權，並且希望您能為一月跟二月的人物重新上色，因為這兩組人物的色彩，要比後期的遜色很多。

杜敬之看著回覆，思量了好一會，其實價格他是認同的，這組圖片只是練手的作品，前幾幅的色彩真的不如後來了，他也願意重新上色。

他也是在這個時候突然發現，其實這些圖是有版權期限的。

之前冰燈的圖片他被買斷了版權，並沒有協商時間，所以幾乎等同於被一直買去了版權，對方想用多久都行。

但是這種時限三年的版權，就表示版權到期後他可以再次買賣。

他看著螢幕，愣了一會神，答應了對方，並且同意重新上色，然後在電腦前抱怨：「水太深了！防不勝防的！」

不過很快他就釋然了。

之前賣出去的作品並不多，外加冰燈的那組圖片，除了官方，真沒地方能要了，他也就不在意了，再接新稿的時候，注意一下就行了。
對方也很快回覆，三月到十一月的圖他們都很滿意，不用修改，傳原圖給他們，他們就可以支付稿費。
他也多了一個心眼，打字回覆：既然你們已經滿意了，那就算是一到十一月的都可以定稿了，對吧？那先支付一下定稿的稿費吧，五萬五千元，收到之後，我會傳原圖給你們。然後把三到十一月的原圖傳給你們，你們再支付四萬五元尾款。收到錢之後，我會繼續畫十二月以及一、二月重新上色，搞定一張傳一張的稿費，可以嗎？
對方遲疑了有十分鐘左右的時間，回覆：可以，我們會儘快給您匯十萬元稿費過去，您收到之後，傳原圖給我們就可以了，這樣我們也可以同時開始設計。
杜敬之：可以。
確定完這件事，他已經沒有最開始那種興奮了，反而有點習以為常了。
他先是整理了三到十一月的全部原圖，壓縮成了一個壓縮檔，放在了電腦桌面上。然後又找出了一月跟二月的線稿，思考著要不要換一種顏色。
正思考著，就收到了對方的消息：您好，我跟上級確認過了，因為是在過年期間，許多工作人員都沒有上班，公司會計要到法定工作日才會來工作，到時候會匯款。您看，能不能先把原圖給我們？
杜敬之：你們的設計師提前工作的嗎？
白兔文具旗艦店：設計師會在家裡做設計稿，我們是想在新學期開學前確定設計，並且盡速投入生產。

杜敬之：抱歉，我只能在收到稿費後才能給你們原圖，之前被騙過一次，所以不行。

白兔文具旗艦店：好的，我們理解，我去跟上級申請一下，我們先支付五張圖全部的稿費，也就是先支付五萬元整，您先傳給我們五張圖，我們先設計，可以嗎？

杜敬之：可以。

沒多久就收到了訊息提示，五萬元到帳，他也就重新壓縮了檔，把三到到七月的擬人圖原圖傳了過去。

對方很快回覆：非常感謝，我們的會計會在正月初八那天上班，會把剩餘的錢給您匯過去，您可以在這幾天完成一、二月擬人的上色，以及十二月擬人的繪畫。

對方好像還挺有誠意的，他也理解過年這段時間確實有點麻煩，於是很快回覆：好的。

初五那天，杜敬之還沒起床，周末就已經到了杜姥姥家。每次杜敬之約他，他都會特別積極，今天也積極得有些過分了。

杜姥姥的店已經開門了，其實不是去做生意的，杜姥姥一個人去店裡，服務生還沒上班，生意不熱鬧，只是有左鄰右舍的人過來店裡打撲克牌、聊天，她得過去照顧著。

把周末放進來之後，老兩口就走了。

周末進入杜敬之睡覺的房間，就發現杜敬之連睡衣都沒穿，只是穿著一條平角內褲，還騎著被睡覺呢。

老小區的特點就是供暖好，加上過年這幾天就跟燒柴油了似的，更是熱得離譜，杜敬之也就不再穿睡衣了，光著身子睡了幾天，沒想到周末會突然殺過來。

周末進入屋裡，先是把門反鎖上了，然後脫掉外套，走到暖氣旁，把手放在暖氣上暖手。

再回過身的時候，杜敬之已經調整了一個姿勢，仰面躺著，整個人躺成了一個「太」字。周末看了忍不住笑，走過去慢慢爬上床，身體支撐在杜敬之的身上，輕輕地親吻杜敬之的脖頸。

似乎是覺得癢，睡夢中的杜敬之輕輕地哼了一聲，微微扭頭，這樣更方便周末吻他了。

輕柔的吻，從脖頸到小腹，然後看到平角褲內包裹著，已經有些昂頭的棒棒糖。

隔著的布料，就像包裹著棒棒糖的糖紙，周末輕輕親吻，然後連著糖紙一塊含在嘴裡。

糖紙被弄得濕答答的，幾乎貼在了棒棒糖上，更加能夠體現出糖的輪廓來。而且，棒棒糖越來越強壯了，灌入了更多糖漿，乾脆立了起來，對著周末耀武揚威。周末用手指，扯下礙事的包裝紙，跟那些棕色中摻雜著點黑色的巧克力絲一樣的毛毛打了個照面。

然後他直接含住了棒棒糖，第一次吃到了真正的糖，甜得他一陣頭暈目眩。

杜敬之第一次嘗試被人口到醒。

睡夢裡，就覺得舒服得不像話，讓他忍不住哼了幾聲，然後那溫熱又柔軟的棉花糖一樣的東西就更加讓他舒服。

整個人就好像瞬間進入了裝滿棉花糖的罐子裡，周圍都是香甜的味道以及柔軟的觸感，讓他的身體都成了糖一樣，帶著甜味。

美味的杜敬之變成了一顆巨大的糖果，糖紙被周末剝掉了，整塊糖毫無遮掩地呈現在周末的面前。然後他一下一下舔著糖果，品嘗著味道，或者直接將糖果含在嘴裡，用舌尖一下一下地刮著糖果的邊緣。

巨大的糖果開始有了反應，伸出手觸碰到了周末的頭髮，摸索了一下頭髮跟耳朵，確定了在吃糖的人是周末，鬆了一口氣，卻緊繃了整個身體。

糖被人這麼溫柔地吃著，讓他舒服得眼淚都要出來了，第一次有這樣的感覺，總覺得身體要被棉花糖融化掉了，化成一灘甜水，就這樣消失在這裡。

巧克力夾心的棒棒糖，似乎已經到了最甜蜜的時刻，杜敬之下意識地推周末的頭，結果周末沒有離開，糖漿就這樣地進入了周末的嘴裡。

然後他就聽到了「咕咚」一聲，糖漿似乎是被吞下去了。

杜敬之輕哼了一聲，然後睜大了眼睛，看了周末一眼，最後無奈地看房頂。

周末就是一個神經病！

他說話就像放屁一樣！

告訴他不許吃，不讓他口，結果自己把這些事都幹了。

真是欠打了。

周末坐起身來，用手背擦了擦嘴，然後探身在床頭櫃上拿來了礦泉水，喝了一口漱口，然後又吞下去了。

「你不是說過這個髒嗎？」杜敬之問，聲音都在發顫，多半是因為羞惱。

「別把姥姥家的床單弄髒了，所以我就捨己為人了。」他說完，又在杜敬之的脖頸上親了一下，「小鏡子好甜啊，吃不夠。」

「甜不甜我不知道，但是你沒刷牙之前，別想再親我。」

「小鏡子好無情啊！」

「沒得商量。」

不過周末還是很滿足的，忍不住抱住了杜敬之，在他耳邊說：「小鏡子哼的聲音好好聽，我喜歡，一想到以後就能經常聽了，突然好興奮！」

杜敬之立即不爽了，直接抬頭咬周末的耳朵，然後推著周末的肩膀，兩個人直接換了一個位置，周末在下面，他在上面。然後他開始扯周末的毛衣，周末也十分配合，直接將毛衣脫掉了。

杜敬之並沒有就此滿足，而是繼續脫周末的背心，然後還去扯褲子。

「小鏡子你不會是想要……那個吧？」周末一邊配合著脫褲子，一邊問。

「就許你撒歡，不許我撒野啊？」杜敬之問。

「可以是可以，但是……」

把周末脫乾淨之後，杜敬之並沒有做周末期待中的事情。

周末本來還想欲拒還迎一下，結果杜敬之連機會都沒給他，不知道從哪裡摸出來一根眉筆來，給周末弄得一愣。

「我媽上次回來忘的，我要給你身上畫一條龍！」然後他拿出眉筆，騎坐在周末身上，真的開始畫了起來。

戀人匍匐在自己的身上，拿著眉筆，在他的胸口作畫，這還是一種十分神奇的體驗。

杜敬之畫得十分認真，一直用手指在他胸口按著，眉筆的觸感很滑膩，並不疼。在杜敬之呼吸的時候，溫熱的氣息還會噴吐在他的身上，柔柔地滑過，十分舒服。

起初周末還挺老實的，畫了半個小時，就有點耐不住寂寞了，一會摸摸杜敬之的後背，一會摸摸胳膊，一會摸摸腿，手順勢上滑，還在他的屁股上捏了兩下，然後試探著，把手指往褶皺裡伸。

杜敬之猛地一顫，手裡的眉筆也突然一挑，畫錯了一大筆。

「操！」杜敬之一下就怒了，躲開手坐起身來，罵道，「信不信我用我的棒棒糖抽你臉？」

「我只是想先鬆鬆土……」

「滾蛋！不畫龍了，給你畫個大象。」

龍圖戛然而止，接下來是在周末的棒棒糖旁邊，畫了一個「蠟筆小新」款的大象，畫完他還親了周末一直挺立的棒棒糖一下。

周末立即耐不住性子，把杜敬之按在床上，又親又揉又蹭的，最後還是杜敬之這個神槍手幫周末搞定了那個棒棒糖，糖漿都包裹在了紙巾裡。

然後杜敬之就樂了，因為周末胸口的龍完全糊掉了，最後還是放周末去洗乾淨了。

回來之後，兩個人又在床上膩到了十一點鐘，才一起穿上衣服，準備去聚會。

兩個人穿著同款運動鞋，還戴著一樣的口罩以及圍巾，站在商場門口等人的時候，就是特別搶眼的兩位，不少路過他們的人都會朝他們看過去。

第一個到的是黃雲帆，左手拿著一把肉串，右手拎著一小箱罐裝啤酒，老遠就扯著嗓子喊：「杜哥，過來吃肉串！」

杜敬之一看就樂了，快步迎了過去，直接伸手把肉串接了過去，扯下口罩就開始吃。

「給其他幾個人留點。」黃雲帆把啤酒往地上一放，就扭頭看周末，問，「我還用給小周哥哥拜年不？」

聽到黃雲帆也叫周末小周哥哥，杜敬之還覺得挺彆扭的，不過還是回答了：「算了吧，也不會給你壓歲錢。」

杜敬之把肉串又分給了他們兩個人幾個，然後三個人在牆邊站成一排，每個人手裡都拿著肉串，津津有味地吃著。

劉天樂跟柯可大老遠過來的時候，劉天樂就開始笑，兩個人完全是伴隨著劉天樂「咯咯咯」的笑聲過來的：「我說你們三個，站一塊畫面挺和諧啊。」

「吃嗎？」杜敬之把肉串遞給了劉天樂。

「不吃。」劉天樂說完，扭頭問柯可，「妳要不？跟他們幾個不用客氣。」

「想吃……」柯可看到這些人，還是有點拘謹的，不過還是要了。

劉天樂立即給她拿了幾串。

杜敬之在這個時候取出手機來，打周蘭玥給電話，直接詢問：「小周妹妹，妳到哪了？」

「我在店裡占位置呢，你們快點，不然一會他們給我請出去了，外面排隊呢。」周蘭玥身邊還挺嘈雜的，還真是在店裡。

「啊，還當妳最慢呢，結果比我們都快，好，馬上到，等著啊。」杜敬之掛斷電話就樂了，直接說，「小周妹妹已經給我們占座位了，趕緊走吧。」

進入商場裡的時候，杜敬之跟周末肩並肩走在前面，兩個人手裡都拿著宣傳單，商量著一會吃完飯再帶著這群人一塊去吃冰淇淋。

柯可拿著手機，對著兩個人的背影一個勁拍相片，然後感歎：「長得好就是棒，相片都不用修圖。」

「背影有什麼可修的？」劉天樂走在她旁邊問。

「你不懂，有的人背影都好看。」

「我背影怎麼樣？」

「你後腦勺是平的，減分！」

「我去……這我控制不了啊，我媽當年給我睡的頭，她到現在還挺滿意呢！」

杜敬之回頭正要說話，就看到柯可對著他們倆拍照，不由得一愣，然後伸出手來，對柯可招了招手：「讓我看看，饒妳一命。」

柯可立即乖乖把手機遞了過去。

相片裡，周末只是一個背影，身材高大，穿著長款羽絨服也不顯得胖，從背影看就是一個型男帥哥。他則是回過頭來，表情還挺自然的，除了比周末個子矮一些比較礙眼，其他都很好。比較搶眼的，恐怕就是兩個人的情侶鞋加情侶圍巾了。

「回去之後相片傳給我，粉絲十萬的福利相片有了。」杜敬之笑呵呵地把手機遞了回去。

到了店裡，就看到周蘭玥一個人坐在一個大桌前面，顯得孤零零的，一行人趕緊走過去。

坐好了之後，杜敬之特別大款地表示：「今天我請吃飯，一會小周哥哥請吃冰淇淋，唱歌誰來？」

「藝術生就別跟我們搶了，你們倆請一樣，我跟柯可請一樣，黃胖子孤家寡人跟小周妹妹加一塊請一個，怎麼樣？」劉天樂說著，拿來菜單扔到了杜敬之面前，「飯就你們請，然後你們點。」

「行吧。」杜敬之跟周末對視了一眼，然後開始點菜，同時詢問其他人的意見。

他們來到的是烤魚店，主菜是烤魚，很大一鍋魚，還有其他的配料，光魚就點了兩鍋，之後又點了幾樣其他的菜跟飲料。

點完菜，黃雲帆把啤酒往桌面上一放，發出一聲悶響，顯得頗為鄭重：「他們家酒水貴，我們自帶。」

杜敬之第一個拒絕：「我不喝。」

周末則是已經拿來了杯子，說：「他們家的大麥茶挺好喝的。」

劉天樂跟著搖頭：「我家家教嚴，不給喝。」

周蘭玥都沒吱聲，直接倒了一杯飲料。

黃雲帆看著手裡的八罐啤酒，再看看這一桌人，不由得說了一句：「我靠，你們……你們一個個的……得，我自己喝行吧。」

吃飯的時候，剛開始很融洽，然後就沉默了一陣。

周末在吃飯的時候，一定會把幾塊魚夾到自己面前的小盤子裡，處理完魚刺了，再淋上一些湯汁，遞到杜敬之的面前，然後把杜敬之面前的空盤子拿回來，繼續處理。

杜敬之一直很自然地跟幾個人聊著天，時不時餵周末一口其他的菜，就繼續吃自己的了。

黃雲帆看到後來都有點看不下去了，忍不住說：「杜哥，你也是個爺們，怎麼就這麼理所當然地被人這麼伺候呢，人家小周哥哥不吃飯了？」

黃雲帆說完，杜敬之跟周末都愣了一下，似乎兩個人都沒覺得這有什麼不對的。

一個早就被照顧習慣了，已經不覺得有任何問題了。

一個早就照顧對方照顧習慣了，連周末本人都不覺得有什麼問題。

劉天樂直捂臉，然後感歎起來：「我不能帶著女朋友跟小周哥哥一塊吃飯，不然真是被比下去，顯得我根本不會談戀愛，不會照顧人似的。」

結果柯可沒搭理他，繼續吃魚，動作從來沒停止過。

周蘭玥倒是蠻淡定的，直接問：「魚不好吃嗎？還是菜點得不夠多，老看他們倆幹什麼啊？」

「是，小周妹妹說得對！」杜敬之立即捧場。

「他們倆在一塊，杜哥明顯是犧牲比較大的那一個，被照顧一下怎麼了？」周蘭玥依舊是老司機，沉穩、從容、淡定、看破一切。

杜敬之無語了。

劉天樂跟黃雲帆開始悶頭吃東西，不敢接話。
周末裝沒聽見。
柯可……一臉懵，應該是沒懂。
他們之後的話題一直是過年這段時間的事情，還有他們補習班的喪盡天良，以及其他的八卦。後半段周蘭玥跟柯可聊起了東方神起跟ＳＪ，明顯牛頭不對馬嘴的，一個是單純的粉絲，一個是亂組組合的ＣＰ粉，竟然也愉快地聊了半天。
吃完烤魚，幾個人去了冷飲店，大冷天的店裡沒有多少人，外加店面不大，幾個人進去之後就占滿了。
原本他們以為，只有兩個女生會喜歡吃冰淇淋，結果杜敬之一個人就點了三個，還特意表示，吃完一個之後，再來拿第二個，怕融化了。
周末在這個時候拿起手機，對著杜敬之錄影片。
黃雲帆第一次看到他們倆這樣，湊到劉天樂身邊小聲問：「是不是他們談戀愛跟我們不一樣？吃個雪糕有什麼好錄影的？」
「我也挺納悶，杜哥刷個龍蝦殼錄影片發微博上去，居然也能有幾千條評論，你說那些粉絲是不是吃飽了閒的沒事幹？」劉天樂也挺不理解的。
「我估計不少女生是跟我一樣，只是為了看臉，杜哥是真帥！」柯可一邊吃，一邊往杜敬之跟周末那邊偷瞄，然後一臉幸福的模樣。
作為一個花癡，能這麼近地觀察帥哥，還能跟帥哥聊天，別提有多幸福了。看了幾眼，又伸手拍了拍劉天樂的手，心裡美滋滋的，還有一個帥哥，是她的男朋友！雖然劉天樂比那兩位差了那麼一點點，但是在她心裡，還是非常帥氣的。

周蘭玥吃著冰淇淋，同時看著這兩個人，看了一會就沒興趣了，繼續吃東西，跟柯可聊偶像。

商場四樓就有KTV，在這個商場內部，就能吃飯、吃冰淇淋外加唱歌一下子搞定，所以他們才來這裡。

到了KTV，就發現這裡已經人滿為患了，不少人還在大廳等待。劉天樂早早就打電話跟這裡預訂了包廂，取了號碼牌，發現前面還有四組人。

他們晃了一圈，最後只找到了一個小沙發，劉天樂抱著柯可坐下了，其他人則是圍著站著，繼續聊天。

這個時候，突然有人過來跟他們打招呼，場面一度十分尷尬。

因為來的人是程樞。

學校的學生會會長，跟學校一群壞學生聚在了一起，這……就有點說不過去了。

程樞走過來，第一個打量的居然是周蘭玥，遲疑了一下，才又看了一眼杜敬之跟周末的情侶鞋，以及拿在手裡款式一樣的圍巾，沉默了能有一分鐘的時間，才笑了起來，沒提這件事，只是問周末寒假補課的事，聊完就走了。

程樞離開之後，杜敬之才忍不住問周末：「你告訴他了嗎？」

「他現在應該已經知道了。」

「這……就知道了？」

「嗯。」

其實程樞會猜到也挺正常的，比如周末常年替七班室外清掃區評優，比如周末經常在杜敬之惹事之後偏袒，再考慮到打架的時候周末還幫這些人買飯等等事情，猜到並不難。

程樞問過周末，他對象是個什麼樣的人，周末只給了兩個標籤：長得很好看，脾氣有點大。

這就對上了。

知道了事情的真相，程樞終於不用再懷疑人生了。

回到家裡，杜敬之就收到了柯可傳來的相片，一共傳了六張，只有一張是他回頭的相片，他存了兩張，一張是兩個人一起走的背影，一張是他回頭的那張，然後一起傳到了微博上，都沒修圖。

配上的文字是：遲到的十萬粉絲福利，我跟畫外音小哥的合影。

緊接著，他微博裡潛伏著的土撥鼠們就炸了鍋。

水果控：啊啊啊啊，終於發合影了，只有背影我都一本滿足。

十一只小黃：刷出來的時候還沒有回覆，看完相片想尖叫的時候，卻發現評論裡早就已經尖叫成一片了。

千秋一泓：畫外音小哥個子好高啊，背影殺！

我家有只小邊境：背多分！

銀河裡喵：情侶鞋，明顯是一對！

滄藍：事實證明，現實裡並不是沒有帥哥，而是帥哥一般都有男朋友了。

夏禪：敬兒顯得好嬌小啊！感覺敬兒也就一百七十二公分？

杜敬之看到這裡就忍不住了，單獨回覆了夏禪：我一八七十八公分好嗎？四捨五入就是一百八十公分了好不好？

很快，對方就又回覆了：我居然被翻牌了？我想說，敬兒，四捨五入你簡直兩公尺高好嗎？

看到這樣的回覆杜敬之才心裡舒服了不少，結果去冰箱拿一根雪糕回來的工夫，就有特別厲害的人，藉由杜敬之提供的身高，算出周末的身高應該在一百八十五公分到一百八十八公分之間。

可以說是非常貼近了。

杜敬之突然對這些技術帝非常服氣。

聚會結束後，就又是枯燥無聊的寒假。

需要給雜誌的插畫已經畫完了，他開始奮鬥那些接下來的約稿以及月份擬人圖。

在初八的那天下午，杜敬之就收到了五萬五千元的稿費，是文具公司轉來的，多出來五千元是因為一月的擬人顏色已經重新上完了。

他把原圖打包傳了過去，接下來就剩二月擬人重新上色，以及十二月擬人開工了。

對方還表示會郵寄書面合約給他，一共兩份，他收到之後簽名，並且寄回去一份就可以了，弄得特別正式。

臨近開學，他已經把全部約稿提前完成了，不準備再接新稿子了，準備在之後幾天休息休息。而且，他這個假期真的不虧。

買了不少的東西，之後又揮霍了不少錢，結果昨天他去查的時候，發現卡裡還剩下二十五萬稿費，兜裡還有杜姥姥給的壓歲錢，讓他覺得自己簡直就是個富翁。

正躺在床上打算睡個回籠覺呢，就突然接到了杜媽媽的電話，他立即接通了：「喂，媽，怎麼了？」

「我今天下午到家，然後明天去離婚，杜衛家妥協了，房子已經掛出去賣了，你有空就去收拾收拾東西，準備搬家。」

聽到這個消息，杜敬之一下子坐了起來，睡意全無，先是愣了一會神，緊接著就對杜媽媽說了一句：「恭喜了。」

「同喜。」

杜衛家是標準的欺軟怕硬，能欺負杜敬之是覺得他是自己的兒子，但是不敢跟周末造次，因為知道打不過周末，周末也不會慣著他。

杜媽媽突然發狠，找來催債公司的人對杜衛家進行圍追堵截，杜衛家剛過完年沒多久就妥協了，主動聯繫杜媽媽要求離婚。最開始還挺硬的，說房子他要分過半，杜媽媽直接把電話掛斷了。

之後杜衛家應該是找了房產仲介的人，知道寫兩個人的名字他一個人賣不了，又被催債的人打得連家都不敢回，口袋裡連買車票跑路的錢都沒有，杜奶奶還在醫院裡，他終於服軟了，願意跟杜媽媽對半分賣房款。

房子一賣，還了錢，手裡還能剩個幾十萬可以用，他就還是條漢子。

杜媽媽提了要求，賣房所有手續費用，都由杜衛家那邊承擔，並且，債務她一點也不管，不然就不同意賣房。賣完的房款由房產仲介的人經手，直接平均匯到兩個人的帳戶上，還特意找了公證人。這個婚，總算是離了。

在杜敬之回到家裡把東西全部打包還沒搬出去的時候，杜媽媽就傳了訊息給他，告訴他已經辦完離婚證了，現在要去房產仲介立字據去，讓杜敬之先自己收拾，她那邊搞定了就過來。

看到這條訊息，杜敬之意外地有點惆悵。

大人離婚的事情，他幾乎沒管過，只是偶爾聽杜姥姥跟杜姥爺聊天的時候提起過，也沒多問。

不過，他知道，杜媽媽最開始不想鬧成這樣的。

杜媽媽是標準的刀子嘴豆腐心，還念著一夜夫妻百日恩，不想跟杜衛家撕破臉。起訴離婚的話，分開得也算心平氣和，沒有恩怨，以後誰也別糾纏誰。

如果沒有上次杜衛家跟杜叔叔砸了杜敬之房間的事情，杜媽媽也不會下決心跟杜衛家撕破臉。

還有就是，杜敬之有點捨不得這個房子，這裡不僅僅有不好的回憶，還有不少青澀時期他跟周末之間的回憶。

站在他的房間裡看著窗外。

露臺上的盆栽因為有陣子沒人照料，外加冬天凍的，如今已經死得差不多了。對面是周末的房間，此時也是緊閉著門窗，房間裡沒有人，周末此時還在補習，平白增添了些許冷清感。

他忍不住歎了一口氣。

不知道以後誰會來這裡住，會不會有一個同齡人來，時不時跟周末在露臺上照面？會不會也十分欣賞對面的俊朗少年？

這些他都無法控制了。

屋子裡已經沒有了什麼東西，椅子都被他打包了起來，畢竟他的房間裡根本沒有什麼值得拿的東西了。

他直接坐在了桌子上，取出手機給周末傳訊息：我在家呢，收拾東西準備搬家了。我媽已經離完婚了，房子要賣了，以後我們就不是鄰居了。

傳完訊息，他還在仰望四十五度角，明媚且憂傷呢，結果周末很快就回覆了訊息：沒事，我們以後就同居了，早上起床被窩裡見，會比以前更親密。

他看著手機訊息，突然覺得自己真是多愁善感，然後忍不住笑了。

幸好他們倆在搬家前就在一起了，不然，到時候會是什麼樣，他自己都不敢想像。

他難得慶幸自己的那一次勇敢，雖然後期有點慫，卻也因此跟周末在一起了。不後悔。

無論以後會怎樣，都不後悔，能跟周末在一起過，就沒有什麼可遺憾的。

周末比杜媽媽先來了家裡，因為在搬東西，家裡乾脆沒鎖門，周末直接走了進來，看著打包的東西問：「請搬家公司了嗎？」

「還沒有，我媽還打算再過來看看有沒有什麼東西沒裝，收拾完了，再找人過來。」杜敬之懶洋洋地靠在沙發上，蹺著二郎腿，微笑著回答。

周末到了他身邊坐下，伸手抱住了他的肩膀，跟他抱怨了起來：「其實我也有點沮喪，以後想爬進你被窩就沒那麼順利了，還得去姥姥家找你，或者在那個小破屋裡……你就不能出來住嗎？我們去別墅那裡住，我開車接送你上學放學。」

「那樣我媽一定會覺得你是黃鼠狼，而且，你覺得你沒駕照上路，能安全幾天？」

「我們還要好好讀書，一塊參加高考呢！」

「乖，不鬧了行嗎？想一想，我媽媽馬上要成百萬富翁了。」

「說起來挺帥，其實這些錢真拿出去，只能付一個新房子的首付。」

「少說兩句能死嗎？」

「我錯了，不過沒關係，你什麼樣我都喜歡，以後我的，就都是你的。」

杜媽媽回來的時候已經晚上七點多了，看上去有點疲憊，嗓子也有點啞。

「怎麼了？杜衛家又鬧了？」杜敬之問杜媽媽。

他在這裡等了一下午，一直以為杜媽媽很快就過來了，晚飯都沒吃，結果一直等到了這個時候。不過，看到杜媽媽這麼疲憊的樣子，他也沒有抱怨什麼。

「嗯，在房產仲介那裡又跟我吵了一通，非要把房子掛到五百萬，也不想想能不能賣出去。我說定價太高了，他就說少於這個數，他虧損的那些錢就讓我來補貼。」

「跟他有什麼好吵的，賣不出去他更著急。」

「我知道，只是生氣怎麼就嫁給這種人，除了皮相還不錯，還有哪裡好？跟一個人鬧到分家產的時候，才能知道這個人究竟有多無恥。或者說，有的時候，錢真的能讓一個人原形畢露。」

杜敬之聽了之後，也沉默了一會，才問：「那今天還搬嗎？」

「搬！必須搬！我根本不想再靠近這個地方一步了，必須今天就搬走。」杜媽媽說的時候，也不再顧及自己的嗓子了，說得特別有幹勁。

周末不想參與他們的家務事，在他們聊天的時候就避開，需要搬家的時候才過來幫忙。搬完家，兩個人還在樓下依依惜別的時候，杜媽媽就把杜敬之拽上了車，同時跟周末說道：「不用送了。」

周末就只能站在院子裡，目送搬家的車離開，等車走遠了，才忍不住歎了一口氣。

其實……這樣搬走，兩個人都會捨不得吧。

從有記憶開始，兩個人就是鄰居，一起長大，然後成為戀人，這一場緣分，就是開始於這裡。現在，杜敬之搬走了，只剩下周末一個人了，杜敬之還好，走了，過陣子就好了。

他呢，還要看著冷清的對面好些日子。

所以只能趕緊長大，把杜敬之娶回家裡了。

杜敬之回到家裡，就看到杜姥姥把一堆房產的廣告宣傳單放在了他面前，讓他選，他直懵。

「這是……」杜敬之有點納悶，這是鬧哪出？

「我跟你媽商量好了，等那邊房子賣了，我就再添點錢，給你買套房子，今天我跟你姥爺跟著車看了好幾個房產，覺得這幾個不錯。」說完，就把其中幾張往杜敬之面前放。

他指著自己的鼻子問：「給我？」

「對啊！」

「不是，你們倆都多大歲數了，還跑去看房子，折騰什麼啊？」杜敬之才反應過來，直接嚷嚷了起來。

杜姥姥哪是杜敬之能惹的，直接更大聲地反駁：「你當你姥姥老年癡呆了是不是？啊？看個房子怎麼了，我還跳廣場舞呢。」說著，還站起來，給杜敬之展示了幾個廣場舞的動作。

杜敬之無語地看著，不準備跟姥姥講道理了，直接去問收拾房間的杜媽媽：「媽，不是說不買房子了，先在這小房子那裡湊合住嗎？」

杜媽媽收拾東西，累得直喘，然後直接說了起來：「你要是沒談戀愛，我估計就不買了，再湊合幾年。但是你跟周末那小子在一塊了，我就得給你買個房子。」

「這有什麼因果聯繫嗎？」杜敬之突然有點弄不明白自己親媽的腦回路了。

「周末那小子名下都有別墅了！我們雖然趕不上，也不能差太多，你名下最起碼得有套房，以後才能有底氣，不是小白臉，你說是不是？而且我也看出來了，這房價就沒有往下降的時候，現在不買，以後更買不起了。」

「不是……怎麼跟宅門似的。」

「什麼是宅門？」

「宅門小說，一群人的日常，平日裡勾心鬥角的。」

「哦……就是《家有兒女》那種的？」

「……」杜敬之回答不上來了。

「放以前我肯定猶豫，現在就覺得，你這孩子還挺不錯的，賺了錢知道孝順我，我也就滿足了。而且才這麼大點，就月收入十萬多了，比挺多大人都強。我想著，就算我離婚了，也得有個家，不能居無定所，所以才做了這個決定。」杜媽媽這回算是認真地回答了這個問題。

「那也沒必要買給我啊，妳自己買唄。」

「我以後萬一改嫁了呢，說不定找的也是個二婚的，對方說不定也帶著個孩子，還是寫你名字吧，免得出現什麼問題。」

杜媽媽第一次提到改嫁的問題，杜敬之還愣了一下，不過很快釋然了，這是他阻止不了的事情，到時候杜媽媽真的再婚了，他恐怕也無法阻止。

「這回可別再看錯人了。」杜敬之提醒。

「肯定不會輕易再找了。」杜媽媽也笑了起來，有種釋然了的感覺。

083

開學第一天，杜敬之剛出門不久，就接到了周末打來的電話。他嫌凍手，直接插上耳機，把手機放在外套口袋裡，然後接聽了電話，問：「有事？」

「第一次上學看不到你，寂寞了，估算時間，你應該已經出門了，就給你打電話了。」周末的聲音特別委屈，又開始撒嬌了。

「這有什麼的？又不是以後都見不到了。」杜敬之本來也有點感慨的，現在卻不能表現出來，不然周末絕對變本加厲。

「在學校裡見到的時間也少，見到也不怎麼說話，想想就要哭出來了。」

「行啊，你哭一個我看看，說不定哥哥還能賞你一個吻。」

「你為什麼都不哄我？」

「沒聽說過找男朋友還得哄的。」

「唉……」周末歎了一口氣，這才幽怨地問，「你那邊有賣早點的嗎？我給你買個捲餅？」

杜敬之一聽就樂了，下意識地揉了揉肚子，回答：「你覺得我從我姥姥家裡出來，會餓肚子？」

「小鏡子都吃飽了，圓規哥哥還餓著，在寒風中蕭瑟著。」

他聽完都無奈了，氣得直罵：「你還能不能行了？我能怎麼辦？每天早上早起半個小時，去你的社區門口接你去一塊上學？」

「現在都成了『你的社區』了！」

「嗯，怎麼了？」

「哼哼！」

「……」杜敬之想掛電話。

杜姥姥家附近小巷子多，路有點繞，他還算熟悉路，所以走得特別快，快出巷子，即將到車站附近的時候，突然看到一群小混混一樣的人。

杜敬之會注意到他們，完全是因為這群人實在太過顯眼。

鍋蓋一樣大的爆炸頭，頭髮紅的、黃的，就差綠色的，湊成一組紅綠燈。這些人脖子跟手腕上都戴著彩色的珠鏈子，腳上穿著顏色不一樣的帆布鞋，站在一塊還真是色彩斑斕的，杜敬之一個藝術生都不敢這麼色彩搭配。

他們看到杜敬之之後，立即湧了過來，把他圍住了，問：「你是黃雲帆吧？」

「啥？」杜敬之一愣，然後突然就明白了過來。

黃雲帆用過他的相片做過一陣頭像，估計被人覺得那個相片就是黃雲帆了。現在這些人應該是想找黃雲帆的，結果找到他了。

他遲疑了一下，沒有否認，只是問：「有事？」

有一個爆炸頭最大的殺馬特走到了杜敬之面前，抬起手來，用手指戳了戳他的胸口，說道：「難道你不認識我嗎？看到昊天哥，還不給哥跪下？」

杜敬之看著這位自稱昊天的人，忍了半天，結果還是沒忍住，「撲哧」一聲笑了出來，然後一邊笑一邊說：「不好意思，笑場了。」

耳機那邊傳來了周末的聲音：「怎麼回事？」

「哦，沒事，被一群人圍住了。」杜敬之淡定地回答。

周末繼續問：「什麼人？」

「不認識，眼線畫得特別粗，跟蒙面一樣的效果，忍者龜戴著的那玩意，記得吧，簡直了……哈哈哈哈。」杜敬之又忍不住笑了起來，被這群人的打扮逗得不行。

「你笑個屁？」巨型爆炸頭立即怒了，去扯他的耳機線。

結果，一下子被杜敬之握住了手，接著把巨型爆炸頭的食指以及中指用力朝手背掰。杜敬之微微揚起下巴來，冷了一張臉，壓低聲音開口：「現在跪下來叫爸爸，跟爸爸道歉，爸爸還能饒了你，不然讓你見不到明天太陽。」

杜敬之從小到大從來都不懼怕打架，雖然後來考了三中老實了不少，卻也不至於怕了幾個巨大頭的殺馬特。

他威脅人的時候下意識地會微微仰頭，露出漂亮的下巴來，弱化了他五官的秀氣，更增添了一股氣勢。

「操！你還挺會裝模作樣！」另外一個黃色爆炸頭在這個時候走了過來，衝著杜敬之罵。

「說事，沒事就滾。」杜敬之回答，不冷不淡的。

「都說了是你昊天哥，你還他媽有臉問什麼事？」那個自稱昊天的在這個時候喊了一句，然後一抬腳就要朝杜敬之踢了過來。

杜敬之十分迅速地躲開了，並且側身微微弓著身子，用手肘猛地撞向昊天胸口，在昊天被撞得身體慣性向前的時候，抓住那巨大的爆炸頭向下一拽，然後抬起膝蓋，再次攻擊過去，直接頂了對方的胃。

在他動手之後，另外幾個人也沒閒著，立即一齊撲了過來，想要仗著人多勢眾制服杜敬之。杜敬之依舊沒鬆開昊天的爆炸頭，拽著他的頭髮，把昊天踹向了一個人，然後回身朝另外一個人踢了過去，同時甩著自己的書包，把書包做了武器，朝周圍的人砸過去。

有人走過來，想要從後面抱住杜敬之，控制住他更好動手。

杜敬之用力一踩那個人的腳，同時側身，用自己的一側肩膀猛地頂了一下對方的下巴，迫使對方鬆開他，然後又是一手肘撞了過去。結果在這個時候，有人突然給了他一拳，打得他身體一晃，嘴角碰到了自己的牙齒，外面沒破，嘴裡面卻破了，這十分影響吃飯，他一下子就怒了。

「操！」杜敬之抬手扯著那個人的爆炸頭，就往牆上撞了過去，不管身邊有沒有人攻擊他，他只是一直發狠似的，拽著那個人的爆炸頭撞牆，然後擼了一手不知是髮蠟還是頭油的黏稠東西，弄得他一陣噁心。

說沒被揍是假的，他自己也數不清，到底被人揍了幾拳，踹了幾腳，只知道被他撞頭的人跟昊天已經基本站不起來了。

原本就只有五個人，現在已經有兩個人失去了行動能力。

杜敬之活動了一下身體，剛想再過去繼續打，就看到不遠處跑過來一個人，一看就樂了，下意識地想對著耳機說話，結果發現耳機已經掉到不知道哪裡去了。

周末剛到，還有點喘，看著這情景，不由得有點氣。

其中一個黃色爆炸頭還朝周末走過去警告：「你最好別多管閒事。」明明是五個人圍攻一個人，己方已經損兵折將了，還要裝得很有氣勢似的。

周末對這些人十分不耐煩，都不願意看這些人一眼，繼續朝這邊走過來。

杜敬之不再動手了，微微朝後退，朝周末揚了揚眉，還有心情笑了笑，明明嘴角都有瘀青了，還笑得特別好看。

周末更生氣了。

這群爆炸頭還當杜敬之要跑，立即追了過去，結果一個人剛剛舉起拳頭，就被周末握住了手腕，手被用力地反擰了一下，緊接著就聽到骨骼發出了「劈啪」的聲音來，手臂被擰成了扭曲的姿勢，隨後是那個人的大叫聲。

不過這並沒有完。

周末迫使那個人轉過去，朝著那個人的面門就是一個直拳，在那人被揍得後退的同時，又補了一個雙飛踢。

這群因為頭髮巨大而影響了智商的人，此時終於注意到兩個人穿著同樣的校服，可惜已經到了二對二的局面，外加看出來他們真的打不過，似乎打了退堂鼓。

可惜周末一個人都不想放過。

其中一個人想走，周末追了幾步之後，直接一個飛旋踢，一腳踢在了那個人的面門上，使得這個人的身體就像一個旗杆一樣，直挺挺地轟然倒塌。

周末解決這些人，根本不像杜敬之這樣還會挨幾下揍，畢竟周末學過一些防守技巧，收拾這些人，堪稱壓倒性勝利。

將這些人打到起不來之後，周末依舊冷著一張臉，面色陰沉得幾乎可以長出青苔來。他走到了昊天的身邊，用腳狠狠地踩著昊天的臉，問：「你們是怎麼回事？說清楚。」

聲音，竟然都有點啞了。

昊天是第一個倒下的，後來已經能夠緩過來了，本來是想假裝一下，找準機會偷襲，卻一直沒站起來，估計也是看到己方完全不是對手，乾脆在地面上躺著裝死。

沒想到周末第一個拿他開刀，也不知是不是那紅色的巨大爆炸頭吸引了周末。

「我……我們是紅血家族的人……」昊天有點惶恐地開口，說話磕磕巴巴的，完全沒有了最開始的氣勢。

「說人話。」周末早就沒有耐心了，抬腳就朝這個人的面門踢了過去，凶狠程度嚇了杜敬之一跳。杜敬之甚至是眼看著昊天的鼻血流出來，血還濺到了周末的鞋帶上，還是他們的那雙情侶鞋。

昊天被踢了這一腳，叫得慘絕人寰，就像被宰了的豬一樣，讓人聽了心裡難受。

杜敬之終於意識到了周末的憤怒程度，趕緊走過去，把周末拉開，然後自己蹲在昊天身邊問：「說清楚前因、經過、你們的目的，不然沒完。」

杜敬之看著昊天捂著鼻子在地面上打滾，那種眼淚狂飆的樣子，估計是鼻樑斷了。

這個時候，另外一個趴在地面上的人，替昊天解釋了這件事情。

其實這件事情特別簡單，沒一會就在黃毛爆炸頭帶著哭腔的敘述中完結了。

黃雲帆玩勁舞團這事杜敬之一直都知道。玩這個遊戲玩到瘋魔程度的，一般都是一群小中二，在遊戲裡創建家族，還有情侶之類的東西，各種恩怨情仇，這些杜敬之也懶得知道。

黃雲帆一直熱衷這個，遊戲水準不錯，外加聲音好聽，還有可能是曾經用過杜敬之的照片做頭像，在遊戲裡還挺受歡迎，屬於男神級別。

說來也奇怪，好多胖子的聲音都特別好聽，在聲音方面，杜敬之都對黃胖子自歎不如。

不過呢，黃雲帆這個人，愛吹牛，還愛裝模做樣，所以一直被某些人看不順眼，在遊戲裡吵起來是經常的事情。

這陣子，黃雲帆在遊戲裡，跟一個家族的挺漂亮的妹子聊得不錯，倆人經常一起遊戲，還改了個情侶名，穿情侶時裝，每天都在遊戲裡開小房間掛著聊天，引來了昊天的不滿。因為這個妹子是昊天沒追到的人。

加上最近杜敬之住在附近，近期經常出沒，被人認了出來，通知了昊天。他們知道黃雲帆是三中的學生，今天開學，肯定會經過這裡坐車去上學，就來堵人了，想要虐虐「黃雲帆」。

杜敬之聽到這裡算是懂了，然後在口袋裡掏了掏，拿出一張學生證來：「看到沒，我姓杜，不是黃雲帆。不過黃雲帆是我哥們，你們真找了正主，我也得揍你們一頓，所以你們這頓打挨得不冤，行了，我要去上學了，你們隨意。」

說完起身，拉著周末準備走，結果周末偏要從一個人的手上踩過去，踩上去的時候還狠狠地碾壓了一下，聽到對方的慘叫聲才跟著杜敬之離開。

走出小巷子，周末直接到了他的面前，查看他臉上的傷。

嘴角有一塊瘀青，似乎還有點腫了。他還看到杜敬之的外套上還有一個大腳印，特別礙眼，身上也不知道哪裡還受了傷。

「你那個叫什麼朋友，怎麼還冒充你，給你招惹麻煩？」周末因為這件事，對黃雲帆的印象直線下降，眉頭緊蹙，還在氣頭上，說話的語氣也十分不好。

杜敬之都能猜到，周末這回是不會放過黃雲帆了。

「虛榮心嘛……誰都有點。」杜敬之也覺得理虧，底氣不足地回答。

「因為虛榮心給別人添麻煩，那叫傻。」

聽到周末說髒話，杜敬之也只能裝成平靜的樣子，點了點頭：「你說得對，你消消氣。」

「我都捨不得用力親的人，他們居然打臉？我怎麼可能不生氣？」周末真的是要氣炸了。

他本來早上起來以後，想著過來接杜敬之一塊去上學，從家裡偷走了車鑰匙，正打著電話開車往這邊來呢，杜敬之就在這裡打起來了！

如果他不是剛巧準備來接他，那會是什麼樣的結果？杜敬之一個人，真的能打得過五個人？

想想他就生氣，氣得手都在發顫。

「那你以後親得用力點。」杜敬之盡可能去哄周末開心。

他們兩個人在一塊，一般是周末哄杜敬之，但周末如果生氣了，杜敬之立即會軟下來，盡可能穩住周末再說。

結果周末就這樣在光天化日之下直接親了上來，結果親完更生氣了。

舌尖剛進入杜敬之的口中，就嘗到了一股血腥味，周末立即停止親吻，站在他面前，扯開杜敬之的嘴看，果然看到裡面也有傷口。

杜敬之嚇了一跳，趕緊看周圍，生怕有熟人，這可是他姥姥的活動範圍，遇到熟人，直接傳杜姥姥耳朵裡去。杜媽媽能接受，杜姥姥年紀大了，可不一定能受得了。

正看呢，就被人掰著嘴看，立即推開了周末，氣不打一處來：「你這小子……親得很刺激嘛。」想罵，又怕周末更生氣，硬生生改了語氣。

「跟我去趟醫院。」

「拉倒吧，你吃飯咬到舌頭還去趟醫院啊？更何況我破的是嘴唇。」

周末瞪了杜敬之一眼，直接問：「那你看到他們不會跑啊？」

「那我多沒面子。」

「你要面子，臉被人揍成這樣？」

「那不一樣！」

「有什麼不一樣的？我去給你請假，反正開學第一天講不了什麼，你回家用冰袋敷傷口，不然高主任容易找你麻煩。」

杜敬之這才算是妥協了，問他：「那你呢？」

「我去跟你那個朋友談談？」

杜敬之遲疑了好一會，猜測到周末是故意支開他，不然他攔著，周末不好收拾黃雲帆，這才問：「你不會揍他吧？」

周末看著他，沒回答。

「那你……別打臉，別看他那樣，其實他那個人挺臭美的。」

周末這才點了點頭。

杜敬之在這個時候把周末的手拉過來，讓他的手心朝上，然後在他的手心裡，用指甲刮了幾下：「我知道你為什麼生氣，我也不會哄人開心，實在不行，等哪天就我們兩個人了，我喝點酒給你擺弄好不好，我知道你已經猜到我記得了。」

周末一直看著他，這是他難得撒嬌，不由得有點心軟了，卻依舊沒說話。

然後杜敬之湊到了周末的耳朵邊，輕聲說：「隨便你怎麼搞，我都不生氣，行不行？」

周末看了他一眼，終於開口問他：「難道你攤上這種事情，都不生氣的嗎？」

「生氣啊，如果你沒來，我肯定會衝到學校，揍死那個死胖子。但是現在你來了，我只能同情黃胖子了，因為他一定會更慘，而且我更在意你是不是生氣了。」杜敬之說完，對著周末微笑，笑的時候扯得傷口直疼。

「我只是心疼你。」

「我知道，但是你生氣我會害怕，怕你控制不好分寸，做出什麼出格的事情，因為你如果有事，我會更擔心，出了事我會更內疚，所以你還要生氣嗎？」

周末低下頭，低垂下眼瞼思量了一會，才歎了一口氣，回答：「抱歉，讓你擔心了。」

杜敬之看到周末終於冷靜下來了，這才算是放心了，知道周末已經恢復正常了，於是退後了一步表示：「我今天會請假，回家好好處理好傷口，你可以去學校裡自由發揮，但是別做出讓我會擔心的事情，不然……剛才答應的事情就收回。」

「絕對不會做的。」周末立即表示了自己的態度，絕對不會錯過杜敬之主動提出來的條件。

杜敬之抿嘴微笑，然後扯起周末外套的帽子，給周末戴上，然後自己戴上了帽子，左右看了看，這才走過去勾住了周末的脖子，吻了周末的嘴唇。

周末吻得特別溫柔，可是吻裡還是帶著血腥味，卻也不想拒絕。

停止了這個吻，杜敬之靠在周末的懷裡，盡可能溫柔地說：「別開車去學校了，等你有駕照再說，我先去診所了。」

「好。」

「說你愛我。」

「我愛你。」

「再親一下。」

周末特別聽話地在他的嘴唇上又親了一下。

兩個人分開之後，杜敬之不敢讓杜姥姥看到，所以就偷偷摸摸地去了診所拿了點藥，然後悄悄地回了小房子那裡，剛脫了衣服照鏡子，看身上有沒有傷呢，杜姥姥的電話就打過來了。

剛接聽，就聽到了杜姥姥的大嗓門：「小兔崽子，開學第一天就打架是不是？」

「您怎麼知道的啊？」他覺得他夠小心的了，聽到杜姥姥罵就心虛了，生怕杜姥姥也知道他和小男生親嘴了。

「診所阿姨特意跑來跟我說的，你這小兔崽子，不學好呢，天天就知道打架。」

「我覺得吧，這可能隨根，畢竟我姥姥這裡就有著英勇好鬥、驍勇善戰的血脈。」

「你給我滾蛋！告訴姥姥，誰敢在我的地盤上揍你，姥姥給你揍回來去。」

「別別別，您去了，估計人家以為是老人來碰瓷了呢，我自己解決完了，沒什麼事，用冰塊敷敷，明天就能好。」

杜敬之哄了好半天，才算是把杜姥姥哄住了，然後繼續上藥。

開學後就得早起了，開學第一天他還不太習慣，光著膀子躺在床上，敷著冰袋就睡著了。醒過來的時候冰袋早就沒影了，他拿來手機看了一眼時間，上午十一點了，手機裡一條訊息一個未接電話都沒有。

開學第一天就請假，他的小弟們都不慰問他一樣，他突然覺得有點寂寞了。

最可惡的是周末也沒來個訊息問候一下？

他思前想後半天，決定探查一下情況，於是第一個傳訊息給周蘭玥：小周妹妹，學校裡的情況怎麼樣？

周蘭玥：問我幹什麼，不會自己看啊？

過了一會，周蘭玥才又傳了一條：才發現，你居然沒來上課。

操！

他在空中旋轉，花樣咆哮了起來，他沒去上課，這群人都沒發現嗎？是不是太不把他當回事了？

於是他怒了，決定去問候一下當事人之一，給黃雲帆傳了一條訊息：死胖子！別裝死！

訊息傳過去半天，沒人回。

正納悶呢，周蘭玥的訊息又來了：你們三個幹什麼去了？我還以為你們三個人遲到，在德育處罰站呢，結果沒看到你們。

杜敬之：他們倆也沒來？

周蘭玥：是啊，今天學校在門口抓遲到，一下子抓了四十來個人，在學校門口站得氣勢磅礴的，你們三個不在，我就以為你們也被抓了。

知道劉天樂跟黃雲帆都一上午沒去上課，外加黃雲帆不回訊息，杜敬之就開始慌了，有點坐不住了。幾乎沒有猶豫，直接下了床，穿好衣服就出了門，到門口從包裡掏出鑰匙鎖門的時候，就發現自己的書包壞了。

他看著自己的包，忍不住罵了一聲，又回了家裡，隨便換了一個包，裝了幾本書跟一支筆就去了學校。

到學校就發現食堂已經沒有東西吃了，他也沒在外面吃飯，只能隨便買了個麵包就去了教室。到了教室，就看到周蘭玥一個人孤孤單單地坐在位置上看書，看到他來了，盯著看了一會，就繼續看書了，一句話沒多問。

午休快結束的時候老莊來了，看到杜敬之就走過來問：「怎麼就你一個人回來了？」

杜敬之面無表情地看著老莊，完全不知道該怎麼回答，因為他也想知道另外兩個人幹什麼去了。怕露餡，於是他只能硬著頭皮回答：「嗯，我一個人先回來了。」

「你嘴角怎麼回事？」

「接吻太用力了。」

老莊聽完就有點生氣了：「你當你班導沒有戀愛經驗是不是？你是不是打架了？」

「妳說是，那就是吧。」

「你什麼態度啊？」

「我爸我媽離婚，我爸糾纏不休的，我就跟我爸打起來了。」杜敬之開始把杜衛家拿出來當藉口了，突然覺得這個理由挺名正言順的。

果然，老莊聽了後一愣，遲疑了一下才說：「別因為家裡的事影響了學習，你這學期很關鍵，藝考完能不能跟上進度全看今年，心裡不舒服就來找我聊聊，知道沒？」

「嗯。」

等老莊走了，他開始傳訊息給劉天樂以及周末，這三個人就跟約好了似的，沒有一個人回訊息，給他氣得夠嗆，總覺得今天下午算是白來了。

耐著性子聽了兩節課，他終於忍不住了，去一班門口晃了一圈，然後把程樞找了出來，問：「你知道周末幹什麼去了嗎？」

「不是說去買學生會的東西了嗎？和你……一起？」程樞還反問杜敬之，同樣十分納悶。

「哦……」

程樞看了看杜敬之嘴角的傷，又看了看杜敬之的鞋，然後只是微笑，什麼也不說，弄得杜敬之挺尷尬的。他總覺得周末有點小聰明，但是有的時候覺得，這個程樞好像也挺聰明的，跟程樞相處會覺得不舒服，總有種被人看透了的感覺。

估計也就周末這樣的人能跟程樞相處得來，如果他不是總在周末身邊，光環被周末搶過去了，估計也是個挺厲害的人。

好在程樞挺有分寸的，不讓人討厭。

杜敬之沒得到什麼有用的消息，就又悶頭回班級了。最後一節自習課，劉天樂跟黃雲帆才回來，進入教室的時候還吊兒郎當的。

劉天樂一邊走，一邊活動肩膀和身體，看到杜敬之後，還笑呵呵地抬手對杜敬之揮了揮，算是打招呼。

黃雲帆走路的時候有點瘸，但是臉上看不出什麼傷來，看到杜敬之之後，明明走路不方便，還是快步走過來，剛坐下就抱住了杜敬之，小聲說：「杜哥，我對不起你。」

劉天樂剛坐下就小聲提醒：「你這麼抱著杜哥，小心又挨揍。」

黃雲帆立即鬆開了杜敬之，堪稱乖巧懂事。

杜敬之還想問問發生了什麼事，老莊就開始罵他們幾個人了，說他們聲音太大，打擾別的學生上自習了。現在已經臨近放學了，這些第一天來上課的學生心早就自由飛翔了，也就老莊覺得他們聰明可愛、認真好學。

放學鈴聲一響，杜敬之就問了一句：「怎麼回事啊你們？」

黃雲帆則是反過來問他：「杜哥，你真被昊天他們堵了？」

「嗯，五個爆炸頭，衝著你來的。」

「靠！爸爸跟我說了。」黃雲帆狠狠地一拍大腿回答。

杜敬之一愣：「爸爸？」

「嗯，現在你家那口子是我爸爸，我靠，真厲害！」黃雲帆提起周末，眼睛都亮了，那是發自肺腑的崇拜。

「什麼情況？你叫他爸爸？那你叫我什麼啊？」

「叫……媽媽？」黃雲帆問得特別不情不願，嫌棄的眼神讓杜敬之有點受傷。

「操！」杜敬之簡直無語了，好半天組織不出語言來，只是看著兩個人發傻。

他能想到的是，周末來學校了，肯定會收拾黃雲帆。劉天樂跟黃雲帆更鐵一點，說不定會拉架或者偏袒什麼的。他忐忑了一下午，就是怕這三個人出去打架，打到集體曝屍荒野了。

但是現在黃雲帆提起周末，那一臉的崇拜的模樣，還主動叫周末爸爸，這是什麼情況？

周末用武力把黃雲帆征服了？

劉天樂裝好了東西就立即起身了，跟杜敬之打招呼：「你們倆聊吧，我得去補課了，我媽都發狂了，給我報的班得我小跑出學校，坐車回去後再小跑去補習班。」

「去吧！」杜敬之也沒攔著劉天樂，只是按著黃雲帆詢問情況，「跟我說清楚，到底怎麼了？」

「杜哥，你不知道嗎？我當你知道呢。」

「我知道個屁啊！」他說完，總覺得這句話怪怪的，卻也沒心情計較了，只是詢問黃雲帆是怎麼回事，「我上午睡了一覺，來了之後就只知道你們都沒來上課，提心吊膽一下午。」

黃雲帆一邊慢吞吞地收拾東西，一邊說今天的事情：「今天早上我遲到了，被高主任要求在門口罰站呢，周末跟劉天樂就肩並肩走過來了，然後把我叫走了，結果到了學校後面，我就被爸爸揍了一頓。」

「他揍你一頓，你還叫他爸爸？你腦袋被打出屎來了？」

「這事不是我理虧嗎？你因為我被人堵了，你……」黃雲帆說到這裡，特意扭頭看了周圍一眼，才壓低了聲音，賊眉鼠眼地繼續說下去，「你男友來收拾我，我覺得挺正常的，而且爸爸也挺夠意思，表示不會打臉。劉天樂也在旁邊站著呢，估計爸爸過分了，劉天樂就會過來幫我，我也就沒還手。」

這一頓爸爸叫的，杜敬之總是適應不了，這感覺不太好，總覺得周末突然間多了一個這麼大個私生子，他平白戴了一頂綠帽子，只能忍耐著聽黃雲帆這樣的兒子啊！周末的基因就算遺傳失敗，也不至於生出黃雲帆這樣的兒子啊！

「爸爸出手真狠，一個膝襲，就頂我胃那了，早上沒吃飯，我胃液都吐出來了，之後又被揍了幾下，爸爸才說讓我今天就把事情解決了。」黃雲帆繼續說了下去。

「解決什麼事情？」

「他也知道我們這些人，今天挨打了，說不定過幾天就聯繫更多的人把場子找回來。你們倆現在不是鄰居了，他怕你一個人上學放學，到時候會吃虧，就讓我直接解決這件事，並且跟我一塊去。我也知道我錯了，就動員我家族的人，去找了紅血的那幫人，還真讓爸爸猜對了，這幫人正在那集結人手，準備放學找你麻煩呢。」

「然後你們打起來了？」

「可不是，打起來我才發現，爸爸簡直就是我心目中的霍元甲、黃飛鴻、李小龍！」

杜敬之面無表情地看著黃雲帆，遲疑了一會才問：「就因為他打架厲害，你就叫他爸爸了？你還要不要你的肥臉了，尊嚴呢？」

「不是，我就覺得吧，他特有那種江湖氣質，深藏不露，之前那次我打他……」說到這裡，黃雲帆尷尬地笑了笑，「我突然就意識到，他根本就沒跟我一般見識，後期聽我吹牛，說追著他打，他也一句話沒說。這回我一看他實力，就知道我根本不是他對手，一下子就肅然起敬。」

杜敬之又沉默了好一會，才問：「你們沒受傷吧？」

「沒有，這群人被爸爸嚇怕了，沒怎麼打就都鳥獸散了。」

「別亂叫，這稱呼怪讓人不舒服的，如果是開玩笑就算了，過了這陣就拉倒，不然你親爹得多寒心？以後就叫小周哥或者圓規哥就得了，實在不行叫名字，反正我不喜歡這個稱呼。」

「為啥？」

「他跟我一塊註定斷子絕孫了，還出來個兒子，我什麼心情，刺激我？」

「嗯……媽媽你說得對。」

「操！你還變本加厲了！」

「好好好，以後不叫了，我也就是今天突然覺得他特別帥，有點激動，恨不得跪下叫爸爸，被揍一頓都沒生氣。不過杜哥，也確實是我不對，平白給你們倆添麻煩了，我都不知道該怎麼道歉好。」

「知道錯了就行。」杜敬之知道怎麼回事就行了，算是有點放心了，「我包壞了，你賠一個。」

「行，我買給你。」黃雲帆直接答應了。

杜敬之也收拾了東西，準備出教室的時候，就看到門口有幾個女生正站在門口偷偷往外看，模樣有點……追星的感覺。

他走到門口，就看到周末站在門口，正在等他呢。

「我聽程樞說你來了。」周末看到他之後主動開口。

「哦。」

「一起回去吧。」

杜敬之有點不自然，抬手撓了撓頭，這才點頭同意了。

黃雲帆十分識趣地沒跟著，自己背著書包就走了。

兩個人結伴往走出教學樓，周末突然問杜敬之：「你要不要來看我打籃球？」

「哈？」杜敬之立即詫異地看向周末，因為驚訝，嘴角突然被扯得有點疼。

「馬上就要開始比賽了，校隊最近在抓緊時間練習，我班導自習課不肯放我出來了，我只能放學之後練習。」

杜敬之裝成信了的樣子，沒吭聲。

等了一會，周末才妥協地再次開口：「好吧，我就是想跟你多待一會，不然回家之後，我們就又分開了，我非得得了相思病不可。」

周末的小心機無處不在，防不勝防。杜敬之在跟他交往了一段時間之後，也算是弄明白了一些套路，終於不再那麼傻白甜，任由周末擺佈了。

「我去籃球場裡像不像踢館的？」杜敬之指著自己問。

「不像，像啦啦隊，讓人看一眼就熱血沸騰的那種。」

「別鬧了行嗎，看到我能獸血沸騰的也就你了，還有哪個男的看到我就沸騰，我能廢了他。」

周末只是笑了笑，然後又扭頭看向杜敬之。

杜敬之嘴角有傷，模樣就更加桀驁不馴了，周末看著心疼。不過好看的容貌，就算臉上有傷，都好像異樣的裝飾物，平白增添了些許「野」的感覺。

這麼好看的男朋友，看到的時候，怎麼可能不獸血沸騰？

兩個人進了體育館，杜敬之隨便看了一眼，就覺得某些隊員真是滿拚的，已經穿上籃球服了，這大冷天的，也能大汗淋漓，也是厲害。

周末這個人怕冷，不可能跟他們一樣。把杜敬之安排在了場地邊裁判席座位坐下之後，他就脫掉了外套，連同書包一塊丟給了杜敬之，然後就扭頭打球去了。

他們倆一塊進來，杜敬之還坐在場邊幫周末拿衣服，無疑挺引人注目的。格格不入的兩個人突然走在了一起，還關係不錯的樣子，很快引來了不少人的議論。

杜敬之沒理，只是捧著自己男朋友的東西，看著男朋友打籃球。

就算他籃球打得不算好，也能看出來，周末上場之後十分得意，有點炫技的感覺，引得旁觀的女生尖叫了好幾波。

「幼稚死了。」杜敬之忍不住嘟囔一聲，知道周末是因為他在這裡，才故意秀給他看的，有耍帥的嫌疑。雖然罵了這麼一句，他卻在微笑，突然覺得周末平時看起來早熟，其實也只是個小男生嘛。

周末在又投了一個三分球之後，突然就來了杜敬之面前，問他：「我厲害不厲害？」

杜敬之忍不住「嘖」了一聲，然後連連拍手：「啊——厲害死了。」話語裡都沒有任何感情。

「鼓勵我一下。」

「你想我在這親你一口？」

「那就摸摸。」周末說完，就把頭低下來了。

杜敬之這個無奈啊，只能伸手揉了揉周末的頭髮，然後周末就開心地繼續去打籃球了。這一系列動作居然引來籃球館裡最激昂的一陣尖叫聲。

看著周末跑遠，他又忍不住笑，估計是周末覺得他一直坐著無聊，過來調戲他一下。手裡捧著男朋友的衣服，看著男朋友打籃球，兩個人時不時對視一眼，然後默契地微笑。杜敬之突然有點感歎：這就是談戀愛的感覺吧？

有的時候，這種小經歷要比兩個人見面就沒完沒了地接吻讓人覺得甜多了。

籃球打了不到一個小時這些人就散場了，兩個人又結伴離開了學校，周末說什麼也要送杜敬之回家，杜敬之也就妥協了。

到了杜姥姥家樓下，周末鬼頭鬼腦地看了半天，最後拽著杜敬之到沒人的角落，親了有十來分鐘，才一副依依不捨的模樣離開了。

好端端的一個戀愛，談出了遠距離的感覺。

剛在一起的時候，兩個人簡直膩在一起，沒怎麼分開過。現在不過是分開兩個地方住，沒多久，就開始抓心撓肝地難受。

周末那種「思之如狂」的感覺一直在持續著，而且已經到不滿足於杜敬之每天陪他打一個小時籃球的程度了。午飯也要一起吃，就連課間操的時間都要走過來揉揉杜敬之的頭髮，聞聞他身上的味道再走。

有可能是樹大招風的緣故，學校裡漸漸有了一些傳聞，校園群裡還在流傳著杜敬之微博裡的相片以及一些評論的截圖，好多人已經開始認為這兩個人恐怕是同性戀了。

杜敬之還在姥姥家用手繪板畫新的小故事圖呢，劉天樂就劈裡啪啦地傳了一堆聊天截圖過來。

他打開看了一眼，不由得一陣沉默。

笙聲歿：杜敬之的微博居然有十五萬粉絲，而且轉發跟評論都很多，不像是刷的。

歌清書 icon：據說他被評為國民校草了。

笙聲歿：杜敬之確實挺帥的，就是太瘦了，應該屬於清秀款，國民校草……名頭有點大了。

幾荷：微博裡的背影相片是他跟周末吧，兩個人關係很好？

櫻桃小丸子：不能吧，好學生跟壞學生聚一塊了？

花花：最近經常看到他們倆在一塊，還有程樞跟劉天樂他們。好像是上次畫壁畫的時候，周末跟杜敬之的關係突然就好了，現在壁畫上還寫著他們倆的名字呢。

條條倫：微博裡不少評論說他們倆是一對。

櫻桃小丸子：不能吧，同性戀啊，這麼噁心？

條條倫：周末不是有對象嗎？

笙聲歿：你們別瞎說，估計只是關係挺好的。

花花：誰也沒見過周末對象長什麼樣，而且看他們倆的狀態，不像是只是普通朋友。再說了，誰普通朋友還去對方家裡，還一塊出去玩，給對方捂眼睛之類的？

之後有人截圖了他的小漫畫，說裡面的主角估計就是杜敬之跟周末，之後的討論已經接近真相了。

他突然有點忐忑，直接把截圖轉給了周末。

周末很快就回覆了：我想視訊。

他看完就有點氣，不過還是接通了視訊，打開之後，就看到周末正坐在自己的房間裡，調整相機的位置。

「你不用在意他們說的，就算我們真在一起了，他們又能把我們怎麼樣呢？」周末一邊說，一邊對著鏡頭飛了一個吻。

「我倒是不怕他們，就怕學校知道，就剩一年半了，不想招惹什麼麻煩。」

「只要我們咬緊牙關，什麼都不說，就說我們是好朋友，他們也不能說什麼，關係好唄，能怎麼樣？女生關係好還拉把手，抱一抱，互相叫老婆呢，你說是不是？還有你的小漫畫，你只說是憑空想像的，他們還能調出監控來指證一下？」

「總被議論，心裡不舒服。」

「被議論，說明有關注度，我們學校談戀愛的學生不少，像我們這麼受關注的還真不多，這間接證明了我們的優秀。」

「可是……」

周末在鏡頭前拄著下巴，一邊翻書，一邊回答：「我們早晚是要公開的，你就當提前適應吧。」

「公開出櫃？」杜敬之還挺驚訝的，沒想到周末一直是做的這樣的決定。

「嗯，沒必要昭告天下，但也不會遮遮掩掩，認識我的人知道我有男朋友，我的男朋友就是你，就可以了。以後我們會一起上大學，一起進入社會，最後結婚。」

「國內不許……結婚吧？」

「那就哪能結就去哪裡，反正上次剪腳指甲的時候，你已經答應了。」

「你不會是認真的吧？求婚要不要那麼簡陋？」

「這叫樸實無華。」周末說完，自己都樂了，然後又說，「好了，不開玩笑，那次求婚不算。」

「你什麼時候跟家裡說？」

「在不會打擾到你的情況下。」

「哦……」

杜敬之最近只是偶爾接一個稿子畫，稿費在不知不覺間已經穩定在景色圖一萬七千五百元一幅，人物圖一萬兩千五百元一幅，頭像七百五十元一個了。

每個月頂多接三個圖，其他的時間就是認真學習，外加練習畫畫。就像老莊說的，這個學期對他來說十分關鍵。

現在，也只是無聊了才插上手繪板，更新一幅小漫畫。

週六，杜敬之跟往常一樣去畫室，剛進門就看到有人在換新的海報，下意識看了一眼，不由得身子一愣。

海報上是給他上課的王老師又在一個美術比賽裡得了一等獎，獲得了豐厚的獎金以及獎盃，還被評為了XXX稱號。

這些杜敬之都不在意，只是看到王老師獲獎的作品居然是他之前畫的隨堂作業，一幅名為《自由》的畫。

這幅畫，當時杜敬之是突發奇想，畫得大膽張揚，之後就把畫當成作業交給了王老師，後期就沒在意過了。結果現在看到王老師獲獎的作品，跟他的構圖、畫面內容、上色基本一致，只是重新畫了一幅而已。

這根本就是原封不動地抄襲了他的作品，拿去參加比賽，得了一等獎！

他突然想起之前說王老師經常獲得很多獎項，不由得一陣心寒，這個王老師以往的獎項也都是這麼拿到的嗎？

杜敬之在看到海報之後腳步停頓了片刻，然後突兀地往外走，在畫室門口的石墩子上坐了半天。冷風吹拂著他棕色的頭髮，軟軟的頭髮簡直吹得一團糟，還吹得他頭有點疼。

他取出手機來，想傳訊息給周末，這個時候才發現自己氣得手抖，手機都拿不穩。

本來，他覺得他還算理智，沒直接衝過去跟王老師打一架已經不錯了。現在看來，他還是沒有那麼成熟，碰到點事情就氣得心跳加速，手指都在打顫。

平復了一會心情，他才給周末傳了一條訊息，因為激動，說的話牛頭不對馬嘴的，就直接傳過去了。之後他自己讀了一遍，都覺得很奇怪，正準備再傳一條解釋一下，周末的消息就回覆過來了：所以說，你的作業被老師抄襲了，他還得了獎？

周末居然懂了。

他立即打字回覆：沒錯，構圖、內容、色彩全是我的原創，他就是照著又畫了一份，堪稱原封不動地搬上去。

周末：那原圖你還有嗎？

杜敬之：當時當成作業交了，老師沒還給我，經常有這種事，我當時也沒在意，現在估計原畫已經沒了。

周末：行，我知道了，我馬上請假然後過去一趟。你先裝成沒看到海報，繼續去上課，我到了之後想想辦法。
杜敬之：別了，你補你的課，我一會找畫室老闆說一下。
周末：別說，他們說不定是一夥的，你說了之後就給你洗腦，並且有了應對措施，萬一情況對你不利呢？而且你出事了我也學不下去，留在這裡也沒用，我已經請完假了。
杜敬之：既然這樣，我也沒心情畫畫了，我也請假得了。
周末：別這樣，畫室的學費貴，乖，我會處理好的，相信老公好不好。
杜敬之看了看手機，又看了看畫室的大門，突然一陣心裡彆扭，想到以後還得跟著王老師上課就一陣難受。下學期的高考衝刺班都已經報完名了，如果鬧得不愉快，接下來的補習都會心裡憋屈，從而影響學畫。
但是現在退費的話，還真不知道同水準的畫室還能不能有位置了，就算有，估計也得高價。
他氣得想摔手機，最後也只是忍下了，覺得跟周末聊幾句之後心裡也舒服多了，於是傳訊息給周末：要不我就當不知道，這事就這麼算了吧，不然耽誤我上課。
周末：絕對不能就這麼算了，這是屬於你的榮譽，我作為男朋友，當然要保護你的榮譽不被別人搶走。
杜敬之看著周末回覆的訊息，突然眼圈一熱，差點哭出來。
老師偷竊學生的創意，估計好些學生會選擇吃啞巴虧，不然王老師也不會一直安安穩穩地在這個畫室當老師，現在抄得明目張膽的，應該也是前科都被原諒了，讓他有恃無恐，覺得杜敬之也是個好脾氣。

但是周末說的話讓杜敬之心裡特別溫暖，只有真正在意他的人，才會在意這個吧。捍衛屬於杜敬之的榮譽。

這個在別人看來，一文不值的東西。

兩個人又傳了訊息，杜敬之才裝成沒看到海報一樣，直接走了進去繼續上課。

王老師上課的時候，似乎特意多看了杜敬之幾眼，不過並沒有表現出什麼異常，依舊是跟以往一樣上課。杜敬之也因為周末給他吃了定心丸，所以也算是淡定。

午休時間，杜敬之從畫室裡出來，剛走沒幾步，就看到了周末跟……高主任。

周末正看著手機，似乎是在閱讀著什麼，高主任則是在打電話，一個勁地溝通，不過看表情就知道，溝通得不太理想。

杜敬之立即走了過去，問：「這是……什麼情況？」

「哦，我就是跟高主任諮詢了點東西，結果他一聽發生了這種事，直接就從家裡過來了。」周末把手機放進了自己的口袋裡，然後跟高主任示意，三個人一塊去吃飯了。

高主任到了餐廳才掛斷了電話，直截了當地跟杜敬之說：「我跟你說，這種事情堅決不能妥協，我們要跟惡勢力做鬥爭。一個畫室的老師，就明目張膽地做這種事情，簡直有辱師德！我為教育界有這樣的老師而感覺到羞愧！」

高主任經常在升旗儀式上講話，杜敬之多半不愛聽，這次倒是覺得高主任說的話很是招人喜歡，於是笑嘻嘻地說：「沒想到您能過來。」

「我早就跟你們說過，有事情一定要告訴家長，告訴我們，我們一定會竭盡可能幫你們解決問題！什麼叫沒想到？你真當我說的是空話，我這個主任是擺設？身為教育工作者，就要把學生們的事情放在首位，這才是合格的老師。」

「嗯嗯，您說得對。」對於這種話，杜敬之只能無腦捧場。

「我已經跟教育局溝通過了，這種事情不歸他們管，不過也會高度重視。之後我跟周末會去這次比賽的主辦單位走一趟，一定要搞清楚這件事。這是我們三中學生的榮譽，不能被一個畫室沒有師德的老師搶去。」

「可是原畫被老師收走了，我沒有證據，估計畫早就被老師銷毀了。」杜敬之說這些的時候有點沮喪。

周末已經點了三個人的麵條，還點了幾份涼菜，在這個時候開口：「別怕，我這裡有你原圖的相片，當時還發了微博，時間在評選之前，估計可以作為證據。」

周末一提，杜敬之才想起來，不由得眼睛一亮。

高主任在這個時候，已經開始「滋嚕滋嚕」地吃麵條了，吃的同時還在說：「嗯，就算真改變不了這個局面，也要讓那個畫室的老師得到教訓，至少那五十萬元獎金得全部給你，不然沒完。」

「獎金有五十萬啊？」杜敬之當時生氣，沒怎麼仔細看，還真不知道獎金有這麼多。

「可不！還直接進入藝術家協會，成為什麼……榮譽會員，還得了個稱號。」高主任說完，繼續吃麵條。

周末在這個時候說：「你繼續上課就行，接下來的事情交給我跟高主任就行，吃飯吧。」

杜敬之立即點了點頭，心情也好了許多。

吃完飯，周末跟高主任就走了，杜敬之心裡也算是釋然了，繼續回畫室上課。

臨近課程結束，王老師突然接到了電話，沒說幾句，就表情沉重了起來，朝杜敬之看了一眼，然後出了教室，直到課程結束都沒回來。

杜敬之也沒多留，收拾了東西就離開了畫室，同時打電話給周末，想要詢問一下情況。

「我一會去姥姥家裡，我們到那裡聊吧，我現在在坐公車。」

「嗯，好。」

掛斷電話，杜敬之一路心情忐忑地回了杜姥姥家，在樓下就看到了周末，正在樓下來回踱步。

兩個人一齊上樓的時候，周末就說了情況：「主辦方的態度很不明朗，估計也是不想鬧出什麼醜聞來，只是表示會先找那個王老師瞭解一下情況，看他怎麼說，之後再做決定。」

「沒給他們看我微博的相片嗎？那個時候我不可能預料到這幅畫得第一，然後畫了一幅發到網上吧？」

「我們也是這麼說的，但是主辦方那邊也沒有辦法直接判斷。他們的意思是，說不定是王老師先畫了圖，然後讓學生臨摹了呢？不能因為我們先發了圖片，這個圖片就真是我們原創了吧？那以後別人畫了一張圖，被人照了以後發到網上去，是不是就確定這張圖就屬於照相的人了？」

「操！簡直流氓！誰會拿參加比賽的作品出來給學生臨摹？」

「沒錯，我們也這麼覺得，可是毫無辦法，爭辯了一下午，得到的答案就是這個，他們願意跟王老師確認一下，如果王老師不承認，這事……就算是辦砸了。」

杜敬之聽了，心情瞬間沮喪起來，也明白周末為什麼不在電話裡跟他說了，也是怕他難過，路上出什麼事。

進入家裡杜敬之的房間，周末就抱住了杜敬之，拍著他的肩膀安慰他：「小鏡子，沒事，我們自己心裡有數，知道畫是你畫的，你畫畫的水準跟創意都很棒，可以得到全省第一名，這樣就夠了。以後別自卑了，你特別棒！」

「就這麼算了？」杜敬之問，因為靠在周末懷裡，聲音有點悶，聽起來更加沮喪了。

「我跟高主任已經很努力了，不過還沒有放棄，打算再聯繫那些裁判，看看還有沒有扭轉的機會。」

不過杜敬之知道，能翻盤的希望十分渺茫。

他在周末的懷裡靠了一會，雖然失落，卻已經不那麼難過了，這兩個人願意為他這麼奔波，他已經很感動了。

杜敬之從周末的懷裡退出來，躺在床上休息，順便冷靜一下。

周末則是打開杜敬之的電腦，開始挨個查裁判的資料，模樣特別認真，這讓杜敬之確定，周末說的不是空話，周末確實不打算放棄。

088

第二天，杜敬之照舊到畫室上課，王老師依舊是往日裡的模樣，看不出任何異常。杜敬之用腳指甲想都知道王老師否認了抄襲，比賽主辦方選擇相信王老師，然後這件事情就這麼輕鬆愉快地畫上了句號。

和和美美，歡歡喜喜，你好我好，唯獨杜敬之不好。

他也沒表現出來什麼，繼續上課。

午休時間，王老師拍了拍杜敬之的肩膀，然後小聲說：「跟我來一趟辦公室。」

杜敬之的動作停頓了一下，然後點了點頭，開始收拾東西，把畫具連同手機一塊放進了包裡，跟著王老師去了辦公室。

到了辦公室裡，王老師進去先用一次性紙杯幫杜敬之倒了一杯水，然後這才說了起來：「門口的海報你看到了？」

「嗯，看到了，我又不瞎。」杜敬之沒好氣地回答。

王老師聽了，忍不住笑了起來，冷靜地看著杜敬之，然後感歎：「何必呢，你直接來找我說，也不用鬧成這樣，你說是不是？」

「我找你說，你就能承認你抄襲？」

王老師彷彿聽到了一個笑話，立即大笑起來：「怎麼能說是抄襲，那幅畫是我畫的，對不對？你承認不承認？」

「你只是照著我的畫，重新畫了一遍而已。」

「我是你的老師，你的畫不就是我教的？你畫出什麼樣的作品，不都是我的功勞？」

「你……」杜敬之都要服氣了，這個人怎麼可以這麼不要臉？「你叫我過來，就是要跟我炫耀的？」

王老師這才從兜裡掏出一張卡來，放在杜敬之面前的桌面上：「裡面有四十萬塊錢，獎金基本在這了，我就當收了一個推薦的仲介費。我們這些當老師的也不容易，我就是想有個資歷，以後好談工資，這些東西你拿去也沒什麼用，高考也不加分，以後也用不到，不如就拿了這錢，咱們共贏，你說是不是？」

杜敬之看了一眼卡，又看了看王老師。

在不久之前，杜敬之真不一定會視金錢如糞土，說不定就心動了。但是，他也是努力努力，一個假期就賺了二三十萬的人，還真就沒把這些錢當回事，只是沉默著不說話。

王老師看著杜敬之的反應，依舊在勸：「你看，你繼續讓你的朋友跟老師鬧下去有什麼用呢？獎是不可能重新評了，也不會在獎盃上重新寫你的名字，你能拿到的只有這筆錢。如果你拒絕，你恐怕連錢都沒有。而且，你只要老老實實的，之後一年我也會竭盡可能地用心帶你，最低也能考個二流大學。」

杜敬之走過來，把卡拿過來，笑了笑說：「要，為什麼不要，這是我應得的。行了，我走了。」

「等等，你還沒……」王老師還不確定杜敬之是否願意就此老實，自然不會告訴杜敬之卡的密碼。

「哦，密碼是什麼？」

「你跟老師保證，你不會再鬧，我就告訴你。」

「行啊，你告訴我吧。」

王老師這才鬆了一口氣，然後告訴了杜敬之卡的密碼。

杜敬之走出畫室，才從包裡取出手機來，關了錄音功能。

昨天夜裡周末就跟他分析了，王老師能這麼淡定從容，估計是個慣犯，之前的學生沒有鬧，應該也是拿到了讓他們肯閉嘴的好處，最後選擇了息事寧人。

所以，周末預測，王老師會來找杜敬之，並且跟他談條件。

就像周末預料的那樣，果然，王老師來找他了，說的話還特別無恥，不過有了錄音，想翻盤不是沒有可能了。

下午的課杜敬之乾脆沒上，先去銀行把錢領了出來，再存到自己的卡裡，然後回到家裡，編輯微博內容。

他確實答應不鬧了，但是，他並沒有保證會說話算數。他現在能利用到的武器，微博算是一個。

周末對這個叫：先禮後兵。

他們昨天已經去了主辦方，既然主辦方的態度不明朗，想要選擇息事寧人，他也不會再客氣，那就鬧一個魚死網破，看最後沒臉的人是誰。

杜敬之則是覺得，這是給臉不要臉，既然如此，就不能怪別人了。

昨天周末已經寫了一個大致草稿，先是把事情交代清楚，放上了當時發微博的《自由》原稿截圖，著重標注了一下發佈時間，然後又截了一個主辦方發佈比賽結果，以及作品的網頁截圖，同樣著重標明了時間。

然後寫的是杜敬之這些年裡，學畫畫有多麼不容易，最後表示，希望得到一個公正的對待。

這回多了錄音做證據，杜敬之覺得底氣足多了。

發佈完微博，他還用搜尋功能，搜索了幾個畫界的名家，以及反抄襲平臺一個個標注。

發佈完，他終於鬆了一口氣，覺得就算得不到什麼結果，也要鬧到自己心裡舒坦為止。人活一輩子，心情舒坦最重要。

做完這些，他就開始搜尋畫室，同時一個個打電話聯繫，詢問學費、是否有位置等事情，在本子上記錄了位址，打算抽時間去看看環境怎麼樣。

整理好了，才打開微博去看，然後第一次意識到了微博的力量。

短短一個小時的時間，這條微博的轉發就超過了一萬，他大致看了看，然後險些對著螢幕豎大拇指。

秋虞虞：做一回勇者，畫室傳送門：@白馬畫室官方微博 ，比賽主辦單位上級的微博：@風雨依舊燦爛 ，畫室電話號碼：000-12345678，主辦單位電話：000-87654321，王老師個人手機：12345678901。

Steaky：抄襲真的可惡，尤其是這位老師為人師表，真不是一個好的典範，這種無恥的模樣簡直讓我震驚了。還好敬兒學校裡的主任做出了正確的示範。

ZCC：剛剛打電話給那個王老師了，我說得很客氣，只說了一句「請您去死」他就把電話掛斷了，這個人的氣量怎麼這麼差？

我是誰：居然欺負我們家敬兒，我的刀呢？

唐易：王老師的電話已經關機了，畫室跟主辦單位的電話一直處於忙線狀態，不知道是占線還是被放空電話了。

是核桃酥的酥：已經轉載到藝術家協會貼吧，並且致電藝術家協會，對方表示已經知曉，會嚴肅處理。

他看著這些回覆，然後看著自己平靜的手機，突然有點納悶，畫室或者是王老師怎麼沒氣急敗壞地來找他呢？怕他又錄音？還是忙著處理各方面的聲討？

到了晚飯的時間，杜敬之就明白他們為什麼這麼平靜了，因為他的那條微博被刪除了，微博還被禁言了。

周末過來的時候，杜敬之正對著電腦罵人呢。詢問清楚情況後，周末登錄了自己的微博，更新了一條：杜敬之的微博已經被強行刪除，並且微博被禁言，不過這件事我們不會輕易甘休。

發完微博，周末就說了起來：「其實刪了不是滅火，而是在揠苗助長。原本不會有很多人關注一幅畫被抄襲的事情，很多都是你的粉絲在盡可能幫你。但是他們強行刪了你的微博，這就說不過去了，會引來眾怒，還會引起不少人對這種惡勢力的反抗心理，從而讓這個事件昇華。」

杜敬之聽得一愣一愣的，問：「真的假的？」

「那就看看咯。」

杜敬之這天晚上的飯都有點吃得食不知味的，不過周末一直看著他，他也就繼續吃飯，然後寫作業、複習，周末也有理由留在了杜姥姥家裡，終於再次有了抱杜敬之一塊睡覺的機會。

可能是因為小別勝新婚，兩個人鑽進被窩裡沒多久，就忘記了榮譽之戰，互相搞飛機搞到深夜，每個人都起航兩次才肯甘休，嘴親得都要腫了。

早上起床，杜敬之看著自己臉上的黑眼圈，痛定思痛，覺得不能讓周末時常來，不然身體受不了。再掀起衣服看看胸口，簡直就是花團錦簇，一片繁榮盛世。

他歎了一口氣，坐在馬桶上，一掰大腿，發現大腿內側都是吻痕，不由得翻了一個白眼。

人前君子，人後變態，說的就是周末。

周末跟他完全不同，一直笑容滿面的，洗漱完就跟杜姥姥一塊做早飯了。倆人有說有笑的，好像周末才是杜姥姥的親外孫子似的。

吃完飯，兩個人一塊上學，一路上周末都神采飛揚的。

週一有升旗儀式，在升旗儀式上，高主任再次上了領操台，今天說的內容十分特別。

高主任先是說了杜敬之被抄襲的事情，然後說了另外一些話：「你們以後如果有事就要通知老師，不要自己一個人受委屈。而且，這份榮譽是屬於杜敬之同學的，既然官方給不了杜敬之同學，我們學校給，在我們心裡，他就是這次比賽的第一名！」

這段話說完，學生們難得自發地給了一陣掌聲。

「很多同學恐怕不知道這個比賽的難度，這是全省第一名。就拿高考舉例，參加的都是同年齡段的一些學生，考一樣的題目，獎項就好比有些大學一個省錄取幾名學生。但是這個比賽不一樣，是全省各個年齡段的人都可以參加，有些人的功底恐怕早就累積了幾年，或者幾十年，而且是自由發揮。杜敬之同學的作品在這個比賽中脫穎而出，這水準不亞於整個省就錄取一個人去北大的難度！」

高主任這些話說完，讓杜敬之的心口一蕩，他之前完全沒有意識到這些。

現在，高主任當著全校的面表揚他，意義跟上次畫壁畫完全不同，這是高主任在用他自己的方法鼓勵杜敬之，在杜敬之內心之中掀起了一陣波瀾。

開學逮著他，要求他染頭髮的那筆帳就這麼算了吧……杜敬之這樣暗暗決定。

「礙於杜敬之同學有前科，我就不讓他上臺講話了，各班帶隊回教室，上課去吧。」高主任再次開口。

這回，全校都笑了起來。

杜敬之也難得紅了一張臉。

微博上曝光抄襲的這件事果然跟周末預料的一樣，因為微博被刪除而直接昇華了，一塊遭殃的還有騙過杜敬之畫同人圖的那家店。

微博內容被有些人存了圖，建立了新號再次發佈了出來，這次直接轉發到了五萬，並且許多人都表示，已經存了圖，只要被刪就重發。微博裡回憶杜敬之畫畫辛苦的時候，還好像隨口一提，杜敬之曾經在畫抱枕同人圖的時候被人坑過一半的稿費。

這也是周末的小心機。

杜敬之畫的同人圖很少，畫的抱枕同人圖就一家，一下子就被粉絲挖出來了，眾多粉絲湧入了這家店的微博，進行了一番轟炸。還有人表示，已經退貨，不要這家店的東西了，引來了一波退貨狂潮，估計損失早就超過坑杜敬之的那些錢了。

在星期二，那家店就補發了虧欠杜敬之的那部分稿費，並且表示支付利息，就跟罵人似的，多了雞毛蒜皮的利息，也不知道這個利息是按照什麼標準算的。然後在自己的微博發表道歉聲明，並表示已經補償了杜敬之稿費。

結果引來了不少其他畫手去跟他們要稿費，原來被坑騙的不止杜敬之一個人，這家店最近一段時間都會雞犬不寧。

畫室是在星期四那天才打電話給杜敬之的，態度特別親切，先是問了杜敬之現在的情況，並且對他進行安慰，這才說了最近這段時間的處理結果：「王老師已經被我們畫室開除了，並且把其餘的獎金已經退了回來，之後我們會打給你。至於你的班，之後會另派一名優秀的老師代課，並且你這一年的學費全免，已經收的學費我們也會一併退還給你。」

「其實我不是想訛錢，我只是想要一個公道的處理。」

「收了一個有抄襲歷史的老師是我們的畫室的失誤，我們在知情後，就對王老師做出了處理。對於我們的失誤，我們應該負責，所以會減免你的學費。之後我們會在微博上公布公告，公佈處理結果，你這邊還有什麼需要注意的嗎？」

杜敬之不知道這件事情畫室知不知情，算不算無辜被連累。現在畫室開除了王老師，並且答應減免他的學費，估計也是想要保住畫室的名聲，畢竟包庇抄襲者可不是什麼好名聲，會影響他們之後的招生。

畫室這邊能做到的恐怕也只有這些了，不然還能怎樣呢。

「我還能要求王老師公開道歉嗎？」杜敬之問。

「這……其實開除王老師的時候處理得並不算愉快，現在他已經不是我們畫室的員工，我們也沒辦法強制要求他什麼了。」

「哦……那就這樣吧，我也不會繼續糾纏了。」

「好的，把你的帳戶傳給我們吧。」

杜敬之掛斷電話後不久就收到了畫室那邊的轉帳，一共是十六萬兩千元，獎金、這學期學費跟下學期預訂高考衝刺班的學費加一起，一分不少。

他打開微博，果然看到畫室的官方微博，已經發佈了公告。

公告裡表達了對杜敬之的歉意，並且貼上了處理結果，評論裡依舊褒貶不一。不過，畫室處理得還算及時，所以對於處理結果，不少網友是滿意的。

比賽的主辦單位也在一天后，更新了網站公告，表示取消了王老師比賽第一名的成績，獲獎者本來是二等獎兩名，變為了一等獎一名，二等獎一名，把原本的一個第二，提成了第一，並且將王老師請出了藝術家協會。

對於這個處理結果，很多人就不太滿意了，覺得應該改評杜敬之為第一。

恐怕是又被轟炸了一番，網站在三個小時後就補發了公告，表示抄襲作品他們已經處理，然而杜敬之本人並沒有參加比賽，不會被替換為第一名，特此公告。

這件事就算是這麼落幕了，王老師從始至終都沒有任何消息。

然後，杜敬之就收了這五十萬元獎金，也不知道辦比賽的那些人會不會收回給王老師的獎金……

這也讓他有點不敢動這筆錢了，總覺得拿著錢心裡有愧，打算之後去畫室問問情況。

再登錄微博帳號，就發現自己的微博已經被解封了，於是思前想後好半天，終於發了一條微博。

杜敬之：抱歉，讓大家擔心了，被抄襲後真的很無助，幸好有大家一直支持我，幫助我，同時也希望大家能夠理性看待這件事情。畫室跟比賽主辦方的處理結果我沒有疑義，對於王老師沒有回應，雖然有些生氣，卻也不準備再糾結了。獎金在我這裡，如果需要收回，我不會有任何問題，直接退回。之後我會將心思放在課業上，備戰之後的藝考以及高考。

發表完，他簡直被自己的真誠感動了，果然，很快就收到了一堆鼓勵的評論。

週六再次到畫室，到了門口，杜敬之還有點猶豫，不過思考了一會，他還是坦然地走了進去，畢竟這件事情，他沒做錯什麼。

進入畫室裡，畫室的工作人員就叫住了杜敬之，說道：「杜敬之同學，有位很有名的畫家想要見你，已經等了好半天了。」

「畫家？」杜敬之十分納悶，有名的畫家要見他？

「嗯，據說是個華僑，在世界各地都開過畫展，很有名的。」

「我操，大咖啊？」

「沒錯，非常有名，在接待室呢。」

杜敬之雖然疑惑，還是快步到了接待室，然後就看到接待室裡坐著一位儀表堂堂的中年男人，戴著一副眼鏡，模樣文質彬彬的。頭髮被他梳得很整齊，髮絲黑白參半，估計年紀已經不小了，只是保養得好，臉上看不出多少皺紋。

「您好。」杜敬之還算是客氣地問好，對於這種繪畫界的大咖，杜敬之是帶著尊敬的態度的。

「你好小朋友。」大咖也很友好地跟杜敬之問好，同時示意，「坐吧。」

杜敬之規規矩矩地在大咖對面坐下了，然後問：「您找我有什麼事？」

「其實我是這次比賽的評委之一，當時就覺得這幅作品很不錯，還是我力推之後，作品才得了第一名，沒想到會發生這樣的事情。」

「那真是……」杜敬之詞窮了，說不上話。

「我也去你的微博看過你其他的作品了，發現你的作品都很有靈性，而且功底不錯，是一個很有天賦的學生，創意都很棒，尤其是年齡還這麼小，看得我有些心動，想收你做我的弟子，不知道你願不願意？」

「真的……可以？」

「當然！」大咖說完，突然笑了起來，「忘記做自我介紹了，這是我的名片，我叫陳若晟，是一名職業畫家，這是我的作品圖冊。」

杜敬之接過陳若晟遞來的圖冊，翻看了兩頁就忍不住：「我……」然後立刻把「操」字吞進了肚子裡。

在陳若晟的作品面前，杜敬之的作品就顯得像小孩子過家家了。陳若晟的畫作跟他是一個風格，就是大氣恢弘，不過，陳若晟的細節更是了不得，杜敬之看了幾幅，就指著畫冊，想了半天話，最後還是只想出一句讚美詞：「厲害！」

陳若晟聽了大笑，然後表示：「我想畫室的老師已經給你的母親打過電話了，畢竟這種事情需要你跟家裡商量。」

杜敬之立即表示：「不用啊，我可以做決定。」

「是這樣的。」陳若晟耐心地跟杜敬之解釋，「我常年定居國外，如果你做我的弟子，需要跟著我出國，我可以贊助你學費以及部分生活費。我跟當地的一所大學交情不錯，可以推薦你去那所大學留學，這樣你也不用再為藝考而努力了。」

杜敬之這才呆住了。

可以被推薦進入大學，不用再為藝考努力，高考是不是也免了？這似乎很誘人，做大咖的弟子，也十分厲害的樣子。

但是……留學？

留學是不是就意味著，他要跟周末分開了？

他跟周末如今只是分開住，周末已經這麼難受了，如果這樣異國戀，會怎樣呢？

讓人心動的條件，如果沒跟周末在一起，他說不定會立即歡呼雀躍，十分樂意地答應。可是他猶豫了，看著陳若晟呆愣了一瞬間，然後才下意識地問：「已經問我媽媽了？」

「嗯，我託畫室跟你家裡打聲招呼，怎麼，這會影響到你？」

「不會，我只是問問，那個……我不是不願意做您的弟子，我只是……對留學這件事，有點猶豫，所以我能不能再考慮一下？」

「當然可以，有什麼不可以的？」

陳若晟又跟杜敬之聊了很多，介紹了自己其他幾位弟子，還介紹了那所美術大學十分出名，是很多藝術生嚮往的學府，並對杜敬之的才華誇讚有加。

離開接待室，杜敬之的心情有些沉重，步伐也有些緩，一上午的課都魂不守舍的，一直在猶豫，要不要答應陳若晟，還是放棄這次機會，繼續考大學？

事情已經告訴了杜媽媽，就算杜媽媽同意了他跟周末交往，應該也不會同意他放棄飛黃騰達的機會吧？

遠距離戀愛嗎？

陳若晟答應杜敬之給他半個月的時間考慮，因為半個月後他就會離開這裡再次出國，到時候想要再取得聯繫，估計就沒這麼方便了。

一是因為時差，二是因陳若晟回去後會很忙。第三點陳若晟沒說，杜敬之自己能想到。陳若晟不缺弟子，只是覺得杜敬之有點才華，看著心裡癢癢，想要收為弟子。但是，陳若晟並不是沒他這個弟子不行，半個月還考慮不完，人家也沒那個耐心繼續等了。

帶著這個心思，杜敬之回到家裡，就給杜媽媽打了電話。

「我這星期一就到家了，到時候我們倆再仔細商量。」杜媽媽沒有想像中激動，好像離婚之後，整個人都冷靜了許多，沒了之前怨婦以及暴躁的模樣，變得有些知性，處理問題的時候也很理性。

「好。」杜敬之隨便應了一聲，手裡還在擺弄自己的畫筆。

「其實你不想去對不對？」杜媽媽直截了當地問。

杜敬之先是愣了一下，電話兩端都陷入了短暫的安靜，許久之後，杜敬之才用有點發顫的聲音回答：「嗯。」

「為了周末，放棄大好的前途，值嗎？」

這個機會放在杜敬之的面前，簡直就是一下子抓住了一條了不起的捷徑，一下子飛黃騰達。成為陳若晟的弟子，就算再不濟，也會成為一個名家，隨隨便便地開個畫展就夠十分滋潤地活幾年了。

對他來說，簡直是一念成神，一念成魔，都需要他來選擇。

所以，為了周末放棄，值嗎？

杜敬之到最後都沒回答出來。

「你再考慮一下吧，等我回到家裡之後，你告訴我最後的決定。」杜媽媽這樣說完，就爽快地掛斷了電話。

星期一就開始了周末說的跨校籃球賽，弄得還挺正式的，一次主場、一次客場，星期一下午的這場在三中舉辦。學校沒有規定高一高二的學生必須上自習課，可以自願去看看籃球比賽。

對手特別巧的，是七中。

午休的時候，周末就傳訊息給杜敬之，問：我打籃球你來看嗎？

杜敬之：既然不上課，就去看看唄。

周末：給我送水嗎？

杜敬之：扔球場上去砸死你。

周末：我聽劉天樂說，你要上場做啦啦隊？

杜敬之看著這行字，抬手就打了劉天樂後腦勺一下，問：「你跟周末說，我要上場做啦啦隊？」

劉天樂一聽就笑了，然後「嘿嘿」了幾聲，回答：「我覺得我這麼說完，這傢伙能特別有鬥志。」

「結果我沒上去，他不得失望啊？」

「那為了不讓他失望，你就上去唄。」

「信不信我上去表演暴打劉天樂，就在七中學生面前。」

「沒事，客場比賽，七中的學生都不讓來，所以沒事。」劉天樂笑得特別無恥，杜敬之忍不住白了劉天樂一眼，然後低頭繼續傳訊息。

杜敬之：不可能的事。

周末：雖然猜到了，但是還是有一點失望。

杜敬之：不過，我會去看你表現的。

周末：水呢？

杜敬之：你為什麼對送水這件事情執念這麼深？

周末：就是羨慕。

杜敬之：羨慕人家有個女朋友？

周末：羨慕人家對象會送水。

杜敬之都無奈了，周末這小子簡直就是肆無忌憚，明明學校裡流言蜚語已經不少了，他居然還想秀個恩愛，簡直不知道這個學霸的腦回路。

他沒回訊息，坐在位置上看著黑板發呆，又陷入了對未來的惆悵之中。

是離開周末，出國留學，奔向更美好的未來會後悔？

還是留在國內，奮鬥考大學，跟周末長長久久會後悔？

好像兩個都會後悔，只是輕重不同，後悔的時間不同，還有一些不確定性。

想了一會，他又歎了一口氣。

下午自習課的時間，七中的隊員就來了三中，準備參加比賽了。

劉天樂本來沒多在意，打算留在教室抄一會作業，結果柯可傳來訊息，說她也來了，給劉天樂嚇了一跳。扭頭跟杜敬之說：「我女朋友混啦啦隊裡跟著過來了。」

「行了，可以表演暴打劉天樂了？」

「別別別，走走，我女朋友已經到了。」劉天樂就跟上級即將來視察似的，趕緊站起身來，整理了一下自己的衣服，又從黃雲帆書桌裡取出鏡子照了照，這才拉著幾個人一塊去了體育館。

到了門口，就發現裡面人滿為患了，三個人找了半天才找了個位置坐下，角度挺偏的，看半場還算是真切。

「居然這麼多人？」黃雲帆忍不住感歎了一句。

「嘖，你知道周末在學校有多受歡迎了吧？在場的，男生是來捧場，外加真的來看球，女生有個別是看熱鬧的，其他的都是奔著周末來的。」劉天樂指了指周圍，就繼續傳訊息了，沒一會柯可就來了，坐在了劉天樂身邊。

柯可穿著七中校服，坐在一堆三中學生的堆裡還挺顯眼的。

剛坐下，柯可就跟幾個人問好：「杜哥，黃胖子！」

「怎麼到我就黃胖子呢？」黃雲帆問，想要抗議。

「黃瘦子就不是你了，少囉唆。」劉天樂擺了擺手，讓黃雲帆閉嘴。

「我們校隊裡有岑威。」柯可突然開口。

杜敬之一愣，一下子還沒想起來岑威是誰，反應了一會才問：「這小子厲害嗎？」

「挺厲害的，想看他跟小周哥哥正面來，想想就興奮。」柯可忍不住激動起來。
「為什麼激動？」杜敬之忍不住問。
「帥哥跟帥哥正面對決，想想就讓人熱血沸騰。」
杜敬之這才撇了撇嘴，繼續等著看比賽。
周末怕冷，穿著隊服還披著個外套，腳上穿著的是他跟杜敬之的情侶鞋，此時正在繫鞋帶，然後到處亂看，看了一會才取出手機來，按了起來。
沒一會，杜敬之就收到了訊息：你在哪呢？
杜敬之：你斜後方。
周末這才往後面看了過去，應該是看到了柯可的校服這才找到了杜敬之，朝他們這邊走了過來，卻沒有上觀眾席，只是站在下面看著。
杜敬之有點無奈，拿著水，走到了看臺欄杆邊，直接把水丟了下去。
周末開心地接住了，然後看了一眼水瓶。水瓶上的廣告被杜敬之用黑色的簽字筆畫了一個小漫畫，人物是漫畫裡的杜敬之，穿著球衣，手裡拿著啦啦隊的彩球，正跳躍著，明顯是啦啦隊的架勢。
周末看完忍不住笑得特別甜，然後對杜敬之示意了一下，就扭頭回了選手席。
杜敬之剛坐回去，就發現不少人的視線都鎖定了他，他清咳了一聲故作鎮定，過了沒一會就好了許多。
「兒大不中留啊……」劉天樂立即嘟囔了一句。
「暴打……」杜敬之的話還沒說完，劉天樂就開始認錯了。

等開場了，岑威都在場地上來回奔跑了，杜敬之才發現，周末沒上場，居然是個候補選手。他沒忍住，取出手機傳訊息問周末：你是候補選手，還是秘密武器？

周末：這種溫度居然要穿球衣，會凍死的，我要少出場……

杜敬之：候補選手要什麼水？

周末沒回訊息，只是擰開水，喝了一口，然後又喝了一口，關上瓶蓋之後，把水抱進了懷裡，模樣看起來特別欠揍。

其實三中的學霸們並不弱，並沒有學習學傻了，水準還行，跟七中打了一會，居然不分上下，只不過……

「主場優勢呢？」黃雲帆忍不住問了一句。

「七中就是一群愛鬧的傢伙，到別人家踢館踢習慣了的那種，越是這種環境越有氣勢，因為內心中的想法就是要在你的地盤上幹翻你。」杜敬之解釋。

「杜哥很懂啊！」黃雲帆感歎。

「因為你杜哥我就是這樣的人。」

「嘖。」

周末只閒了不到二十分鐘，就被替換上場了，他剛從選手席站起來，把外套脫了放在位置上，就引來了一陣尖叫聲，那模樣簡直就跟秘密武器要上場了似的，弄得杜敬之都有點不好意思了。

好在周末還挺淡定的，一直都是平穩的模樣。

周末腿長，身高也夠，上場之後，隨便一站都是表演秀似的模樣，尤其是看到周末身上的號碼之後，更是有女生喊了起來：「流川楓，我愛你！」

走錯片場了吧……

可能是周末這些年一直鍛鍊的緣故，身體靈活度夠，並且體能特別好，外加學霸這個身份，他會從各個角度分析，外加計算籃板球的落點，還有就是洞察力驚人，想要在周末面前做假動作，實在挺難的。

很快，就可以發現岑威是防守周末的人，還跟他面對面站著，這又引發了一陣尖叫聲，顯然，長得好看，就算是對方隊員，也能引起女生們的好感。

岑威似乎跟周末說了什麼，然後就看到周末的笑容發生了變化。

邪魅？

陰冷？

嘲諷？

腹黑？

不好形容，反正……不是小天使該有的模樣。

091

周末要比岑威高一些。

在杜敬之看來，還要比岑威帥一些，這恐怕也是因為戀人濾鏡，總覺得周末打個籃球，都像在拍偶像劇。

岑威明顯挑釁了周末，覺得激怒了周末之後，周末會被憤怒沖昏頭腦，從而不再冷靜，會好鬥，或者沒有之前的那種算計。

但是岑威錯了，周末不是他想像的那種人。

周末在被岑威刺激了之後，反而比之前更加冷靜了，丟棄了消極怠工的狀態，從容不迫，還會跟隊友打暗號，帶球過人後一個假動作，把球傳給了別人，然後功成身退，並非一人耍帥。

周末的特點就是喜歡運籌帷幄，外加虐殺別人，就好像之前期末考試碾壓第二名似的，有自信，也有實力。

三中的歡呼算是沒白給周末，在周末上場後，氣勢果然上來了。而且，比分慢慢地拉開了差距，杜敬之終於明白，學校為什麼一定要周末參加籃球比賽了，因為周末到了賽場上，就成了隊伍的核心所在。

到了中場休息的時候，兩個學校之間的分數差已經到了十七分。

這個時候，四個人一起跑到了欄杆前，跟周末喊話：「小周哥哥有點帥啊！」

「爸爸你是最棒的！」

杜敬之聽了一會，沒說話。

周末站在欄杆下面，笑呵呵地看著他們，然後看向杜敬之，因為杜敬之一直沒出聲。在這個時候，站在身邊的幾個人，都扭頭看向了他。

他遲疑了一會，才對周末說：「如果輸了，我就幹死你。」然後對周末晃了晃拳頭。

小彆扭給人加油都有著自己獨特的風格。

結果周末居然沒生氣，只是一邊倒退著回隊伍，一邊對杜敬之飛了一個吻，又在頭頂用手臂比了一個心，又引來了一陣尖叫，看起來特別騷，給七中的人弄得莫名其妙的。

杜敬之沒忍住，直接笑了出來，因為他算是看出來了，周末就是故意在秀恩愛給別人看，就是想讓所有人都知道，周末喜歡杜敬之。

毫不遮掩，大大方方，喜歡就是喜歡。

等周末走了，黃雲帆才感歎：「幸好柳夏沒來，不然……真是會記恨上杜哥。」

「你真是沒救了，居然還有心情看柳夏來沒來。」杜敬之忍不住嘲諷了一句。

「唉，一言難盡，心中的那種不甘心還在。」黃雲帆回答，肥臉直搖。

周末不喜歡進攻，喜歡投三分球，所以一直在中場晃悠，岑威也一直守著周末，與此同時，又多了另外一個人，兩個人一起防守周末。

顯然，七中改變了策略。

周末被人嚴防死守，其他隊員想要幫忙也力不從心，下半場剛開始就膠著了一陣子。結果周末很快改變了策略，找到機會脫身後，開始在籃下活躍，防守他的人也跟著到了籃下，造成了籃下人多，中場無人的局面。

等七中反應過來的時候，球已經被傳了出去，三中的隊員有機會投了一個三分。

周末就像一個自由人，在哪裡都能開花結果活得燦爛。

這場比賽最後算是大比分勝出，結束比賽後不久就要放學了。

杜敬之跟幾個人結伴送柯可出去的時候，岑威突然出現，哥倆好似的勾住了杜敬之的肩膀，問：「看見我也不跟我打個招呼？」

「我們倆很熟？」杜敬之直接把岑威推開了。

「別這樣好不好，最起碼我也是你的追求者之一。」

岑威說得大大方方的，杜敬之身邊其他的幾個人一陣沉默無語……學校裡追杜敬之的女生幾乎沒有，但是追杜敬之的男生倒是都挺帥的，這是特殊體質？

「是被拒絕的。」杜敬之特意強調了一下。

「行，你說是什麼，就是什麼。」

「你跟周末挑釁了？你說了什麼？」

「周末？居然是個人名？」

「操！」

「行，就當是個人……我跟他說，如果他們輸了，就讓他把你讓給我。」

杜敬之雙手環胸地看著他，遲疑了好一會才問：「你不會是個傻子吧？」

「我就是逗逗他，沒想到反而踩雷了。」

這個時候，岑威又看向劉天樂，指了指問柯可：「你男朋友？」

「嗯。」柯可愣愣地回答，那模樣簡直像是打開了新世界的大門。

「你男朋友長得也不錯啊。」岑威剛感歎完，就被杜敬之一腳踢跑了。

岑威被踢得直懵，反應過來後立即嚷嚷：「你有病啊？我只是正常的誇獎！」

「誰知道你是不是圖謀不軌？」

「你當我是電風扇啊，看到誰都旋轉。」岑威罵了一句之後，扭頭就走，氣得不輕。

等岑威走了，杜敬之才去看呆愣的幾個人，歎了一口氣，解釋：「這是誤會。」

這幾個人都有點沉默，左右看了看，沒有其他人看他們，黃雲帆這才感歎了起來：「我生活的城市，究竟是個怎樣的地方？是不是長得好看的人都只喜歡長得好看的人，不看性別？」

杜敬之回答不出，問的問題太深奧了。

走進教學大樓裡，還沒進教室，周末就拎著外套過來了，身邊還有隊友。他遲疑了一下，還是等在了門口，周末似乎明白過來，跟其他人道別，就走到了杜敬之面前問：「我棒不棒？」

「厲害。」

「你有話想跟我說嗎？」

杜敬之抬手抓了抓頭髮，這才跟周末說了起來：「我們報個補習班吧，週一到週五晚上的那種，省得你老抱怨在一塊的時間不夠，劉天樂跟柯可就是這麼維持的。」

周末聽到之後，立即眼前一亮，快速地點頭同意：「行啊。」

周末不是不愛補習，只是嫌棄跟杜敬之在一起的時間太少，如果是跟杜敬之一塊補習的話，周末還是十分樂意的，而且僅僅是想一想，就覺得特別美好。

「嗯，到時候我們倆找找看，最好距離近一點。」

「在姥姥家家門口都行，我每天騎自行車我都去。」

「我也就補到這學期期末，期末考試完我沒有假期，直接開始進行衝刺了，到時候我就不來學校了。」

「這個我知道，畢竟我們也是八月就開學。」

「所以我要是跟你考一個學校的話，就得這個學期先玩命用功，等藝考跟校考結束後再玩命複習了。」

周末原本只是正常地點頭同意，不過很快就反應過來杜敬之說的是要努力跟他考一個學校，不由得一愣，然後直接伸手抱住了杜敬之。

杜敬之嚇了一跳，現在是自由活動時間，走廊裡挺多其他班的學生，有些學生已經拎著書包，在走廊裡預備要衝出學校了，結果周末居然在學校走廊裡擁抱他。

「你給我滾蛋！」杜敬之立即把周末推開了。

「小鏡子我好高興啊！」

「哦。」杜敬之故作鎮定地往後退了一步，整理自己的衣服，盡可能表現得自然。

「小鏡子為了我們而努力……我高興得簡直要哭出來了。」周末說的時候，聲音已經有點軟了，不過還是語速很快地補充，「我會一直督促你的，你有什麼不會的立即過來問我，然後……然後我教你讀書方法。」

「你怎麼教，你的讀書方法不就是跟我指著你的腦袋跟我說，是你聰明嗎？」

「也有點訣竅。」

「主要還是靠腦袋對不對？」

「我家小鏡子聰明，能找這麼棒的老公。」

「請您滾蛋吧。」杜敬之說完，做了一個請的姿勢，就回了教室，去收拾東西。

杜敬之依舊是平時的樣子，對周末總是很嫌棄似的，說話的模樣也特別冷淡。但是沒有其他人知道，他在提出這個意見的同時，做了多大的決定，下了多大的決心，捨棄了多麼珍貴的機會。

杜敬之不會告訴周末，並且表現得很平靜，毅然決然，不會後悔。

他已經下定決心了。

回到家裡的時候，杜媽媽已經在家了。

杜敬之進去之後，進入房間把書包一丟，隨口問了一句：「在姥姥這裡吃完，去小房子那邊住嗎？」

「嗯。」杜媽媽應了一聲。

杜敬之立即進房間裡收拾東西去了，杜媽媽也在這個時候跟了進來，問：「你想得怎麼樣了？」

「我打算報一個補習班，週一到週五晚上的那種，週六繼續去畫室。」杜敬之這樣回答。

杜媽媽安靜了一會，突然有點著急，問：「你真打算就這麼放棄這次機會了？你知不知道多少人擠破頭皮都想要這樣的機會，你居然不要了？」

「媽，在我看來，為了周末這樣做，值得。」杜敬之轉過身，面對杜媽媽，十分鄭重地說了出來，那模樣不容置疑，特別堅定。

「你確定？」

「嗯，我確定，而且經歷這件事之後，我突然覺得其實我可以，之前是我太沒有自信了。媽，我要考華大，這次不是跟您開玩笑，我是認真的。」

從前因為家人的否定，以及他性格裡隱藏著的自卑，讓他一直自我否定自己的才華。現在藉由微博，他漸漸發現很多人喜歡自己的作品，他的作品很有價值，會吸引其他人來購買、約稿。還有就是，他的作品可以獲得全省第一名。

他終於可以擺脫那種自卑的情緒了，他覺得他可以，他想要試一試，靠自己的努力，爭取來一片曠闊天地。

杜媽媽依舊是糾結的，她最先考慮的永遠是自己的兒子，但是她從來沒見過杜敬之這麼堅定的模樣，於是不忍心拒絕，直接回答：「這是你自己的決定，媽媽支持你。」

為了周末，值得。

還有就是，他可以！

092

這次杜媽媽回來，有連續一個月的帶薪假期，完全是因為之前的加班太多補的假期。

這也使得杜媽媽回來之後，就有幾件事需要處理。

一是賣房子，聽說已經找到了買家，就連價格都談妥了，最近這陣子辦理手續就可以了。

二是買房子，並且確定了寫杜敬之的名字。杜媽媽的要求就是三環以內，三室兩廳，因為杜敬之的房子肯定要有一間單獨的畫室。杜敬之把自己的錢全給了杜媽媽，加上這段日子杜媽媽加班賺到的錢以及賣房款，再由杜姥姥貼補一些，全款買房，因為杜敬之沒法貸款。

三就是幫杜敬之跟周末找補習班，現在找已經有點晚了，碰到合適的地方都得加點錢，硬插進去兩個學生才行，還得讓兩個孩子盡可能跟上他們的進度。其實……只需要杜敬之一個人努力跟上，周末隨時都能適應。

杜敬之這邊已經給比賽主辦方打了電話，確定那五十萬元獎金不用退回，算是給杜敬之的補償款。這還挺讓杜敬之意外的，這筆錢也正好給了杜媽媽買房子，減輕了一部分壓力。

趁還沒有開始補課，放學回家後，杜敬之除了學習、畫畫，就又開始用手繪板開始進行另外一批創作了，這回畫的是《山海經》異獸擬人圖。

最近的約稿也全部都拒絕了。

條漫是一直都在更新的，並且有很多人追更新。《山海經》異獸擬人圖發出去之後的效應要比之前的十二月擬人圖更加轟動。

十二月擬人圖是較為動漫的感覺，外加他當時的上色還不是很熟練，所以效果一般。這回的《山海經》異獸擬人圖則是選擇了古裝的人物，水墨風格，人物還有背景，畫面大氣恢弘，有些詭譎，有些優雅，有些恐怖，各有各的特色。

這種日子只持續了一個星期，杜媽媽跟周媽媽就合力給他們倆找了一個補習班。

這個班挺有意思，老師連續帶了十屆省重點高中的高三，這種高強度的工作讓這個老師大病一場，後來就開始帶普通班的課了，所以實力很強，費用也很高。但是這個老師的學校要求任課老師不可以自己開補習班，但是補習班代表著暴利，這個老師就私底下開了班。

這個班的要求就是他的那所高中的學生不收，不靠譜，也就是不能保證絕對不通報的不收。這麼秘密的後果就是這個老師的學生很少，少到不用租教室，只在老師的家裡，放一個吃飯的圓桌上課。

這也是他們倆能半路插進一個班裡的原因。

還有一點就是位置合適，距離杜姥姥家以及周末家都不算遠，兩個人騎自行車，十分鐘左右就能到了。

補課之後，杜敬之就跟劉天樂一樣了，每天鈴聲一響，就得狂奔出學校，緊趕慢趕才能吃上一口飯，然後去補習班。

第一天到補習班，兩個人還不著急，吃了飯才去，一進去就看到一屋子人眼巴巴地看著他們。

補課老師劉老師招呼他們兩個人進來，隨便介紹了一句：「這是我們的新同學。」然後就安排了他們倆座位，直接開始上課。

教室裡原來有七個學生，五個女生，兩個男生，他們倆一進去，五個女生齊齊出現了眼前一亮的感覺。

杜敬之不知道他們都是哪個學校的，反正也沒有三中的，這讓他鬆了一口氣。

因為加了兩個學生，劉老師還多搬來了一個桌子，這下子就鬆快多了，五個人坐圓桌，四個人坐方桌，正好男女分開坐。

劉老師自己寫題，然後印成考卷，今天講的是化學題，杜敬之聽的時候，眉頭直皺。劉老師語速太快，而且總會重複一句話：「這個地方，我之前說過，還記不記得？」然後有幾個學生回答，杜敬之才知道這件事。

周末看著劉老師的小黑板，又看了看杜敬之，見他認真，忍不住多看了幾眼。

杜敬之是有基礎的，不然也不能考上三中。而且，在三中的時候，他也會認真聽課，外加腦子不算笨，所以在聽課的時候，雖然有點跟不上節奏，但是能夠理解。

周末第一次看杜敬之上課，覺得杜敬之認真的樣子特別帥，偷偷拿出手機來，對著杜敬之照了一張相。照完就發現劉老師瞪了他一眼，他趕緊收起手機來，一扭頭，發現杜敬之也在瞪他，只能老老實實地上課了。

劉老師會進行隨堂考，隨堂考的成績周末隨便寫一寫也能在這些人裡考個第一，杜敬之不上不下，還有兩個比他還差的女生，還有一個男生，跟他水準差不多。

不是最差的，就行了……

補課結束收拾東西的時候，有個女生走過來，跟周末要帳號：「能給我你的帳號嗎？我們有個小群，在群裡發通知。」

周末點了點頭，然後對杜敬之說：「留你的吧，然後有事了你通知我。」

「哦。」杜敬之說著，隨便扯下了一張紙，把自己的號碼寫在了紙上，「驗證寫補習班就行。」

「好。」女生們最開始要的是周末的號碼，因為覺得周末看起來是比較好說話的那個，結果意外要來了杜敬之的，也挺滿意的，畢竟杜敬之也帥到讓人移不開眼睛。

走出補習班的時候，兩個人結伴往車庫走，有人跟他們搭訕，問他們：「你們是哪個學校的？」

周末並不在意地回答：「三中。」

「聽說你們學校的學生基本全部都補習，你們倆怎麼現在才找班？」那個人忍不住問。

「他是藝術生，想提高一下成績，我……懶得補，畢竟沒什麼對手。」周末還算和善地回答，然後就拽著杜敬之趕緊走了。

回家之後，就有女生加了杜敬之的帳號，然後把他拉進小群裡。那個女生還跟杜敬之聊了幾句，不過杜敬之沒興趣聊天，上微博看了一眼之後，就關電腦睡覺了。

補習班裡來了兩個帥哥，最開始女生們挺興奮的，不過很快她們就發現兩個帥哥只關注對方，平時不跟他們其他人聊天，總是一起來上課，上完課一起走，偶爾私底下聊幾句關於題目的事情，就不再說別的了。

這也讓幾個女生漸漸對這兩個人沒了熱情，也就是偶爾看看養養眼。

開始補課之後，杜敬之的日子就變得枯燥了。

每天早上起床就去上課，放學騎車去補習班，帶著外賣去，有的時候還沒吃完補課就開始了。到了週六週日，則是雷打不動地去畫室畫畫，難得清閒的時間就是週六、周日的晚上，他跟周末還能結伴出去吃個飯。

日子太緊湊，兩個人連約會的時間都沒有，不知不覺，這個學期都要過去了。

累積下來的恐怕只有期中考試杜敬之的成績在班級裡排到了中游的位置，甚至超過了劉天樂，弄得劉天樂想帶柯可去杜敬之的補習班，後來一想能補課的時間也不多了，也就作罷了。

還有就是他的漫畫已經連載了十九張，《山海經》異獸擬人圖則是因為複雜程度高，外加他精益求精，剛剛湊齊六張，速度慢到令人髮指。他的圖還沒出完，微博裡就出現了抄襲他創意的人，並且已經畫了大部分了，不過他並未在意。

周末參加的籃球賽比賽沒進決賽，拿了一個全市高中第五名的成績。三中老師還挺高興，畢竟這是全市所有高中的比賽，三中是前五名裡唯一的一所省重點高中，並且沒有體育生，其他的都是市重點或者普通高中。

周末的成績一直很穩定，沒有過任何波動，加上開始補課，還提升了幾分。

真是只有幾分，因為很難再有提升的空間了。

期末考試完畢，等待考試成績的這幾天是杜敬之跟周末難得有休息日的時間。

公佈完成績，杜敬之就要進入畫室進行魔鬼訓練了。他還很大氣地預訂了一個單人間寢室，有淋浴、空調，算是環境不錯。

杜媽媽還挺高興，因為她給杜敬之買的房子得兩年後才能入住，這段時間，杜媽媽可以理直氣壯地住在杜姥姥家的客房裡，不用再去小破房子遭罪了。

周末則是決定假期不補習了，好好休息一下，畢竟八月他也要開學了，之後早自習就開始上課，晚課也上到九點半才散場，而且高三學生強制住校。

這段時間，杜敬之住在畫室，周末住在學校，真的就成了遠距離戀愛，只能偶爾電話聯繫。

為此，周末又開始撒嬌，好幾次眼眶都紅了，整日裡唉聲歎氣的，弄得杜敬之特別無奈，只能妥協：「等成績的這幾天我陪你去別墅住，可以吧？」

周末立即樂呵呵地答應了。

093

期末考試結束，杜敬之跟周末他們就約定了找一天去周末家裡聚會，算是給杜敬之開一個歡送會，也是地獄時間來臨前的最後一次狂歡。

杜敬之早早就出了門，就算放假了也會自然醒，生理時鐘讓人覺得絕望。

他在出門前洗了個頭，隨便用毛巾擦了擦，套上衣服就出來了，頭髮屬於自然風乾的。他穿了一件白色的T恤，上面印了一塊西瓜，顏色很小清新，配上一條淺色的破洞乞丐褲，白色的板鞋，整個人看起來特別清爽。

到了商場門口，就看到等待的周末了，穿著一件黑色印字母的短袖，一條簡單的牛仔褲，背了一個黑色的單肩背包。站在商場的玻璃旁，俊朗的樣子沐浴在陽光下，有種泛著聖光的感覺。

「是先買東西，還是先吃東西？」杜敬之到了周末的身邊，直接問，同時看了一眼時間，確定自己沒遲到。

「你餓嗎？」

「早上沒吃飯。」

「那我們去吃吃到飽吧。」

「好。」杜敬之直接答應了。

這個商場裡有一家吃到飽，在他們倆吃過的吃到飽裡算是比較貴的。每個人四百九十九元，還要每個人交一百元押金，不過有杜敬之在，這錢肯定不虧。

杜敬之的特點就是可以在進去之後就開始吃，吃到規定時間結束再出來。周末也有耐心，跟杜敬之在一塊就開心，所以吃吃到飽的時候，都是他去給杜敬之拿東西，杜敬之負責一直吃到結束。

吃到中途，杜敬之突然站起身，躲到周末旁邊，把腰帶鬆了一格，然後重新坐下了繼續吃。周末看著，忍不住笑出聲來，溫柔地提醒：「你別撐到，而且有些東西不能混吃。」

「披薩！烤肉！海鮮！鮭魚！小龍蝦再來一套。」杜敬之說完，就繼續吃了起來，周末只能認命地去拿。

吃完飯走出來，去超市逛的時候，杜敬之正好消化了。

關於聚會，他們的想法就是多買點零食聊天的時候吃，買點飲料，買點啤酒。酒是給黃雲帆準備的，畢竟這傢伙在上次聚會一個人喝了八罐真的是一點沒醉，說話都沒含糊過，還真是個海量，在這點上，黃雲帆難得沒吹牛。

飯的話，人多不好做，不如就吃火鍋，買了配菜、牛肉、羊肉、魚丸等東西，再買點其他的，還有就是沾醬了，簡單省事還好吃。

兩個人拎著這些東西，又買了不少新的碗筷跟水杯，就去了周末家裡的別墅。

到了之後，收拾了買來的東西，又簡單收拾了一下房間，到了三樓房間，兩個人沒洗漱就直接睡著了，晚飯都沒吃。

杜敬之醒過來的時候已經是淩晨四點鐘了，他翻了一個身，發現自己毫無睡意，就起身上了趟廁所，然後走到櫃子前，拿來水喝了一口。

「也遞給我一下。」周末突然開口，還嚇了杜敬之一跳，畢竟之前他都是躡手躡腳的。

「我吵醒你的？」

「算是吧，不過也算是睡夠了。」周末說著，打開床頭燈，橘黃色的燈光下，他的臉部線條看起來更加柔和了。

杜敬之把水遞給了周末，然後爬上床，坐在周末旁邊。

似乎夜深人靜的時候更適合說心裡話，杜敬之終於問了周末他一直想問的問題：「等我去畫室之後，你這十幾天的時間準備做什麼？」

「每天偷偷去看你。」

「不行。」

周末沒想到杜敬之會拒絕，忍不住詫異地看向杜敬之。

杜敬之歎了一口氣，回答：「我們畫室到了高考衝刺班的時候是不允許探望的，那樣會讓我們分心。而且，你如果來，我會走神，總會惦記著你什麼時候來，你來了我的心思就飄了，不如就一直不來，我也能專心點。」

周末握著水瓶，微微地垂下眼瞼，嘴唇微微嘟起，有點委屈地應了一聲，然後問：「多久能見一次面？」

「聽說是一個月放一天假，週六晚上放假，週一早上繼續開始上課。」

「那你豈不是要跟家裡聚一聚？」

「我媽之後也經常出差，如果她出差了，我就去找你。」

「所以一個月才能見到一次？還有可能見不到？」

「嗯，沒錯。」

周末又沉默了一會，似乎很不開心，卻也點了點頭：「你這學期的進步很大，我能看到你的努力，所以覺得你特別棒。」

「沒有退路了，只能努力，不想以後後悔，就只能拚命了。」杜敬之有點感歎，不過模樣倒是挺釋然的。

周末不知道杜敬之感慨裡的深意，只是繼續說下去：「我也不會做你的絆腳石，你努力，我會高興，所以你做的決定我都同意。再說，我們可以經常通電話，又不是再也見不到了。」

「嗯，沒錯。」

周末轉了個身，雙手抱住杜敬之的身體，把下巴搭在杜敬之的肩膀上，開始老生常談：「不要太晚睡覺，要注意身體，別太拚了，知道嗎？」

「嗯。」

「要早起想我，吃飯的時候想我，睡覺前想我，上廁所扶著雞雞也要想我。」周末說完，立即又補了一句，「當然，我也會做到的。」

「好。」

「不要想太多，不要給自己太大壓力，按照自己的想法來就好。」

「嗯。」

「還有，小鏡子，我愛你。」

杜敬之終於扭過頭來，在周末的嘴唇上親了一下，然後回答：「我也勉為其難地愛你一下。」

兩個人相視一笑，然後周末直接脫掉了杜敬之的睡衣，然後把人撲倒了。

第二天上午九點鐘就有人來按門鈴了，杜敬之正好在客廳裡看筆記型電腦，立即迎出去開門，打開門看到來的人是程樞。

程樞看到杜敬之，本來想微笑，然後看到杜敬之一脖子的草莓印，嘴角一扯，說了一句：「要不要這麼傷風敗俗？」

「這得問你哥們。」杜敬之還挺坦然的，回答完就讓程樞進門了。

「我剛認識他的時候還當這小子禁慾，現在看來啊，就一個斯文敗類。」

「可不就是，我也是最近才認識到他這一面的。」杜敬之繼續跟著數落周末。

「喲呵，家還挺大啊，比我家裡大多了。」

「聽說你家裡是書香門第？」

「不算不算，就是家教比較嚴。」程樞還挺謙虛的。

程樞從來都沒表現出來過什麼，而且為人低調，甘願做綠葉，性格還挺和善的，其實家裡的條件不錯。不像周末，周末的父母是做生意的，多少還是有點世俗的感覺。

程樞的父母都是大學老師，還是當地的一流大學。爺爺輩的人也都是老師，姥爺家那邊兩位都是老中醫，家裡的氛圍就都是斯斯文文的，而且特別有修養。

相比較來說，程樞這樣，已經算是長歪了，不過在杜敬之看來，他簡直是優秀的大好青年，文明到不能再文明了。

程樞進去之後，就到了廚房問周末：「要幫忙嗎？」

「那就進來幫忙吧。」

「你還真不客氣。」程樞笑了笑，就挽起袖子進去了。

杜敬之也沒閒著，接到電話之後又要去社區門口接人，然後忍不住問程樞：「你怎麼進來社區的？」

「我剛才不是說了嗎，這個戶型比我家的那個戶型大多了，我住這。」程樞回答。

「原來暗示過？」杜敬之突然覺得跟聰明人聊天都挺費腦子的。

「怪我暗示得太弱了。」程樞笑呵呵地道歉。

杜敬之也沒計較，直接出去把自己的朋友接來了，來的人依舊是黃雲帆、劉天樂、柯可加上一個周蘭玥。

黃雲帆一進屋，就粗著嗓子喊了一聲：「爸爸！」

這一聲把杜敬之嚇了一跳，忍不住嘟囔：「黃胖子，不少人說你語音裡的聲音就是一個總攻，他們聽過你這樣的聲音嗎？」

「別提了，好幾次因為聲音戀愛了，因為相貌失戀了，我都不願意搞了。」

劉天樂則是湊過去研究杜敬之脖子上的吻痕，還跟柯可分析：「你看耳朵下面這個，像不像一個心型？」

「這是不是證明小周哥哥很用心地在種啊？還為了美觀，弄了個形狀。」柯可跟著感歎。

「要不我也給妳弄一個？」劉天樂笑著問。

「不行，我家裡能吃了我。」

杜敬之脖子上的吻痕被這些人參觀了個遍，不由得又暗罵了周末一陣子，不知道節制點，這大夏天的，怎麼擋？

周末則是在準備火鍋，然後笑呵呵地說：「過來吃飯吧，準備得差不多了。」

黃雲帆立即屁顛屁顛兒地過去了：「爸爸，我來幫忙。」

「嗯，真孝順。」周末居然還適應了這個稱呼，模樣特別自然。

吃飯的時候，一群人的聊天圍繞著杜敬之畫室的問題聊，然後又聊到了他們身上。

程樞一邊吃一邊說：「我家裡特別寬容，跟我說，華大跟北大，你隨便挑一個，不然復大也行，反正別去他們當老師的學校，看著我煩……嘖。」

「我家裡還讓我考南大呢，或者浙大。」劉天樂用誇張的語氣說，「我是那塊料嗎？」

「也就我輕鬆，我媽說二流都行，反正別三流，聽說學費高。」黃雲帆說了一句，然後問周蘭玥，「妳的目標呢？」

「九八五或者二一一[1]，家裡給定的，選擇性比劉天樂家裡大一些。」

「對了，柳夏下學期估計也不來，她要試試藝術生，考戲劇學院。」

---

1 中國大陸列為國家計畫重點補助的大學院校。

程樞突然說了一句，然後喝了一口飲料，又說，「昨天還跟我聊天呢，問我周末的對象是不是杜敬之。」

場面立即一靜。

程樞看著其他人，發現大家都是一副驚訝的樣子看著他，不由得覺得好笑：「你們這麼驚訝幹什麼？」

「那個女的……不會要幹什麼壞事吧？」黃雲帆忍不住問。

「不知道，反正我回答她說我不知道。然後她跟我說，如果周末的對象是個男的，她心裡還能好受點，不是她不夠優秀，而是周末根本不喜歡女的。」程樞回答。

周末依舊是平靜的樣子，冷笑了一聲問：「你怎麼回答她的？」

「我說，妳應該在妳的性格上找找原因，畢竟追周末的人不只妳一個，但是讓周末這麼討厭的，妳還是第一個。妳這性格，以後真考上戲劇學院，當個明星也得一大堆醜聞，不是別人黑妳，而是妳自己就招黑。」

程樞回答完，一桌子人都笑了，覺得這個程樞其實也挺犀利的。

劉天樂最近跟程樞也算是熟悉了，畢竟都是學生會的成員，還挺談得來，於是也跟著聊了起來：「這個柳夏……不會要使壞吧，通報給學校什麼的？」

「應該不會，最近她挺避著周末的，而且她沒有證據，就靠猜測去告狀，高主任這個最喜歡周末的老師，肯定直接無腦護。」程樞回答。

「只要我跟小鏡子不自己承認，或者不鬧得太大，學校那邊都會睜一隻眼閉一隻眼的。」周末跟著說。

然後，所有人都一副低頭忍笑的模樣。

在三中，沒有人敢當面叫杜敬之「小鏡子」這個外號，聽起來就像《還珠格格》裡太監的名字似的，也只有周末一個人能坦然地說。但是私底下，這個外號早就流傳開了。

每次聽到周末叫杜敬之這個外號，這些人還是想笑，實在是……太沒有霸氣了。

杜敬之白了周末一眼，沒說話，繼續吃飯了。

吃完飯，黃胖子霸佔了所有的啤酒，坐在一邊悶頭喝酒，偶爾說說自己曾經追求柳夏時的情懷，外加此時的懊惱：「我看完柳夏跳舞，那簡直……被迷住了，一下子就感覺找到了我夢中的女神。一個勁地追，所以後來知道柳夏倒追周末的時候我那個不爽，那個看周末不順眼。加上周末還跟找碴似的，弄哭過我們杜哥，我就更記仇了。」

杜敬之特別無奈地說：「我都說了，是眼藥水。」

程樞則是第一次談起了關於杜敬之跟周末的事情：「你哭……你滴眼藥水出來的那天我都震驚了，還當周末把我們學校扛霸子給降服了呢。不得不感歎，你們倆藏得真深，完全看不出來你們倆本來就認識，知道你們倆的事之後，困惑我一年多的事情終於得到了答案。」

周蘭玥則是自豪地表示：「我可是早就看出來了！」

杜敬之問周蘭玥：「妳怎麼看出來的？我一直很納悶。」

「其實我沒那麼神，就是有一次偶然看到周末在後門那裡偷偷往你口袋裡塞棒棒糖，然後看著你笑得那叫一個甜，再看不出來就傻了。」周蘭玥回答，也就杜敬之這個自卑鬼自己不肯承認罷了。

一群人吵吵嚷嚷的，一塊聊到了晚上六點多，才正式散場。

臨走之前，黃雲帆突然回頭，張開手臂抱了杜敬之一下，一咧嘴就哭了：「本來高中時間就短，你他媽的還一下子就消失一學期，我這水準註定跟你考不到一個學校了，在一塊的時間不長了，你這麼一去畫室，我還怪捨不得的。」

周末就站在旁邊，看著黃雲帆抱著自己男朋友，沒出聲，這種場合不適合吃醋。

「反正就算大學分開了，咱們還是一輩子哥們。」杜敬之被弄得也差點跟著哭出來，不過還是硬生生地忍回去了，老大的尊嚴得保持住。

劉天樂也有點捨不得，個子高，一張開手臂把倆人都抱住了，然後拍了拍說：「別搞得跟生離死別似的，以後就算是不在一個大學，假期的時候還能一起瘋，哭個屁。」

柯可這人特別感性，看著這場面，眼淚「啪啪」往下掉，然後很快就笑了，因為黃雲帆居然在這個時候突然說了一句：「反正你們幾個都不喝酒，那酒我能帶走不？」

原本很煽情，一下子變成了搞笑。

周末不想給，他還想給杜敬之喝，晚上看看小哭包杜敬之呢。結果杜敬之直接把剩下的酒都給黃雲帆打包拿走了，無視周末陰沉的臉。

送走了這些人，周末立即不依不饒地追上杜敬之，從後面抱住了他之後開始撒嬌：「你怎麼能給他，你答應過我的，我乖乖的，你就喝酒之後讓我欺負！」

「我說過嗎？」杜敬之開始裝傻。

「說過！就是上次黃胖子冒充你引來一群殺馬特的時候。」

「你太久沒用，過期了。」

「不能過期，我那麼期待耶！我們再去買幾瓶。」

「不買！」

「哼哼！」

可能是因為賭氣，周末收拾東西的時候一直沒理杜敬之，還以為杜敬之會妥協，去再買幾瓶酒，結果杜敬之一直跟著收拾，也不跟他說話，兩個人就這麼冷戰了能有一個小時。

回到房間，杜敬之打開電腦，連上手繪板開始畫《山海經》異獸的擬人圖，一畫就畫到了晚上十一點鐘。

周末氣得直喘粗氣，因為杜敬之真的一直沒理他！

畫完畫，杜敬之收拾了東西，把電腦關機，然後取來了睡衣，這才在浴室門口說：「喝酒就算了吧，你……要不要一起洗澡？」

周末幾乎是立即就蹦了起來，也不生氣了，也不委屈了，屁顛屁顛兒地跟著杜敬之進了浴室，根本就沒猶豫。

就是這麼能屈能伸！

杜敬之走進去的時候耳尖有點紅，做出這種邀請，還是不符合他的風格，所以進來之後還是硬撐著，衣服都不好意思脫。

周末走過來，從他的身後抱住了他，輕輕親吻他的耳朵，然後在他耳邊，故意低啞著聲音說：「我幫你脫。」

天知道杜敬之有多喜歡周末這種聲音，每次聽到都覺得簡直要命！

原本喜歡炸毛的糖果一下子變了口味，就好像草莓口味的，酸酸甜甜，跟他發紅的耳朵一樣。

周末就好像貪吃的人，抱住糖果就不肯鬆手，一下一下地親吻，輕輕舔著品嘗，味道甜美，讓人流連忘返。

糖果沒有反抗，只是依偎著周末，任由周末撒野。

周末的大手在糖果的身上扯了幾下，動作輕柔地把糖紙脫了下來，然後握住了糖果的糖棍，來回揉搓。

「好想吃掉你啊……」周末忍不住吻著糖果呢喃。

杜敬之轉過身來，抱住了周末，抬起頭來親吻周末，主動張開嘴，歡迎周末的入侵。

他下意識地吞咽著唾沫，被周末抱著才能穩住身體，然後被周末抱著，放進了浴缸裡。杜敬之坐了一會，就拉著周末坐下，開了衝浪功能，然後把手掌蓋在周末的後背，說道：「覺不覺得這有點像武俠片裡的傳功？」

周末有點無奈，然後一仰頭，直接靠在杜敬之的懷裡，懶洋洋地感歎：「男朋友的臂彎。」

「舒不舒服？」杜敬之抱著周末問。

「舒服，美滿。」

這一次期末考試杜敬之的發揮也不錯，成績再次提升，雖然學年組排不上號，但是在班級裡已經到了十六名，比之前三十多名的成績要好太多了，畢竟這裡是三中，沒有多少學生是學習差的。

這次的家長會杜媽媽來了，還挺認真的，畢竟是關係到明年的，想要聽聽老莊的意見，確定杜敬之真的夠努力，杜媽媽也就放心了。

回到家裡，杜媽媽就開始給杜敬之收拾東西了，被子、衣服、各種生活用品，整理了兩個箱子，杜敬之還背著一個巨大的背包，送杜敬之去畫室的那天，周末也早早就來了。

杜媽媽去畫室辦理手續的時候，兩個人去了寢室。

寢室的環境還不錯，有點像飯店的小單間，環境要比學校的宿舍好多了，還沒有人檢查衛生，房間裡還有空調，不會怕溫度不合適。

周末這看看那看看的，然後問：「吃飯都在餐廳？」

「嗯，我吃過那裡的飯菜，感覺還行。」

「那……用不用我偶爾來給你送點零食？」

「我下了晚課可以出去買，我是男生很安全，而且我們這裡不是完全封閉，沒事。」

「那……」

「不許來。」

「哦。」

周末坐在了杜敬之的床上，遲遲不肯離開，還是有點捨不得。

杜敬之不理他，繼續收拾東西，結果周末突然問：「你會自己哭鼻子嗎？」

「啊？」杜敬之回過頭，瞪了周末一眼。

「聽說我之前去旅遊，你都會想我想到哭鼻子，這回這麼久不見面，你會不會偷偷哭鼻子？」

杜敬之蹲在行李箱前，蹲了一會才說：「會想才會努力，想著如果不努力的話，以後就會一直這樣見不到你，需要想你，就會更加努力了。」

「如果想我了，一定要給我打電話，我會隨時等你消息。」

「好。」杜敬之說完，忍不住笑了，「又不是生離死別，而且是送我來上課，不是送我進監獄，好嗎我的哥哥？」

周末在這個時候，蹲在了杜敬之的身邊，扭過頭，吻住了他的唇，久久不捨得結束。

「那個……你們倆等會再親，這個許老師的辦公室在哪裡？敬兒你帶我去見見老師，我跟你的老師聊聊天。」杜媽媽的聲音突然在他們身後響了起來。

兩個人觸電一樣地分開，杜敬之趕緊蹦起來，帶杜媽媽去找新的老師。

還沒走遠，杜媽媽就開始數落了：「你們倆能不能收斂點，你看看你這個脖子，簡直了，不像話！」

「咳咳。」杜敬之乾咳了一聲，紅了一張老臉。

周末躲在寢室裡，也臉色通紅。

等杜媽媽跟周末都離開了，杜敬之一個人坐在寢室裡，盯著牆壁發了一會呆。

之前表現得特別淡定，真到自己一個人了，還是稍微有點寂寞。他跟畫室裡其他的學員關係都挺一般的，可能是人家都太有藝術氣息，偏偏他是一個難搞的人，不像劉天樂、黃雲帆那樣物以類聚，又不像周末那樣對他有耐心，或者是因為臉能吸引周蘭玥、柯可，他跟其他人根本聊不來。

之後的日子，活動範圍就這麼大，每天早上起床吃飯，畫畫，畫到昏天暗地之後睡覺。如此往復，直到藝考。

坐了一會，他才從箱子裡拿出倒計時的日曆來，在一個日期上畫了一個圈，倒計時開始！

第一天。

在畫室的日子多少有點枯燥，他怕開筆記型電腦會忍不住刷微博，就在晚上出去買了一個小喇叭，插上隨身聽聽音樂。聽著聽著，就聽到了周末喜歡的歌，畫畫的動作突然就一頓，然後就開始想周末了。

不知不覺，他的隨身聽都被周末佔領了一席之地。

不過只是短暫的停頓，他就繼續畫畫了，臨近淩晨才去洗漱，準備休息。回到床上摸出手機，就看到周末傳來的訊息，詢問他能不能打電話，已經是三十分鐘前傳的了。

他遲疑了一下，還是給周末打了過去，打了一會直到自動掛斷周末都沒接聽，估計是周末已經睡著了，手機靜音沒聽到。他把手機重新放在了枕頭下面，準備睡覺，沒發現手機螢幕又一次亮了起來，同樣靜音的杜敬之，錯過了周末的兩個電話。

第二天一早杜敬之就看到了未接來電，還沒洗漱就給周末回了電話，這回周末居然是秒接，接通之後就開始假哭：「嗚嗚嗚……」

「再這樣我掛了。」

「別，不了。」周末說完，還是有點委屈，「昨天晚上給你打完兩通電話，你沒接，想著你可能是睡著了，不敢打擾你，就沒再打給你了。結果我居然想媳婦想到失眠了。」

周末的那種睡眠品質，想要失眠挺難的，這倒是滿讓杜敬之驚訝的，隨後回答：「我以為你睡了，就把手機放枕頭下面了，我也調靜音，畢竟你家老公要為了以後養你而專心奮鬥。」

「我都懂，幸好你早上給我回電話了，不然我今天都得偷偷去畫室趴著窗臺看你。」

杜敬之僅僅是想想那個畫面就覺得有趣，忍不住笑了出來。

之後杜敬之戴著耳機，去了食堂打飯，吃飯的時候一直在跟周末聊天。

他之前一直不覺得自己會是一個喜歡煲電話粥的人，結果現在每天早上跟睡前都要一直給周末打電話。

直到周末開始住校，兩個人早上的時間碰不上，就改成了只有臨睡前打電話，為此，杜敬之第一個假期的那天，兩個人還去辦理了電話專案。

周末在學校打電話的時候，偶爾還能聽到程樞抱怨：「要不要這麼膩歪？覺不覺得你看著書，突然笑了很詭異？」

「有嗎？」周末問了程樞一句，就不再理了。

杜敬之忍不住問周末：「你天天在寢室裡打電話，室友不抗議？」

「寢室晚上十點關燈，但是走廊燈是亮的，好多人都搬個桌子在走廊裡看書複習。」

「都這麼刻苦好學？那你打電話不會打擾到他們？」

周末歎了一口氣：「別提了，為了不擾民，我都搬到洗手間門口附近了，好幾次有人路過我這裡，都問我：會長賣不賣面紙？」

杜敬之聽完開始爆笑，想像著周末憋屈的樣子，總覺得有意思：「你們那邊住宿是什麼樣子的？」

「一個寢室八個人，上下鋪的，寢室裡就一個小桌子，根本不夠用。走廊裡放了兩排桌子，中間有一條縫可以走人，從桌子中間過去就跟參加選美似的，在一排評委面前走一圈。我的寢室在中間位置，我住下鋪，住上面太擠了，我會不舒服。」

「哦，你在哪個寢室啊，離劉天樂跟黃胖子近嗎？」

「不近，不在同層樓，他們在四樓，我在三樓，聽說他們給你留了一個床鋪，不過是上鋪，靠門的位置，好的地方不可能空一學期。」

「嗯，我聽劉天樂跟我說了。」

「其實你完全可以在回來之後每天在我這裡睡，我還可以教你。」周末還期待著跟杜敬之一塊睡呢，男生談戀愛就是方便，都在一個寢室樓裡。

「不查寢室？」

「一般不查，畢竟高三了，誰有時間去盯這個？」

「也是……」杜敬之往床上一趟，悠哉悠哉地歎了一口氣，「我這裡隨時都有電，單獨的書桌、單獨的床，還有自己的畫架子。屋子裡還有洗手間、淋浴，真舒坦。」

周末只是笑了笑，沒被他氣到，然後突然說了其他的：「我生日的那天你不要聯絡我，也不要送禮物，更不要來。」

杜敬之早就準備好在九月二號請假去給周末過生日了，生日禮物都準備好了，結果這傢伙讓他別去，這是什麼意思，要造反還是要分手？

「怎麼個意思？」

「我要跟家裡坦白了，你配合我一下，裝成不理我的樣子。」

杜敬之被嚇得直接從床上坐了起來，仰臥起坐都沒這麼雷厲風行，聲音都提高了些許地問：「你要……跟家裡說我們的事？」

「嗯，沒錯，打算說了。」

「這個時候說？你沒搞錯吧？」

「就這個時候說才能被原諒，如果其他的時候說，他們估計不會被迫接受。」

杜敬之算是明白周末的意思了，周末是故意要在高考前說這個，如果家裡不接受，一定會影響到周末高考時的表現，到時候只能被迫妥協。算是一種威脅，也挺陰的，這麼一來，反而周末父母還有點可憐。

「你十八歲成人禮，我不去？」杜敬之再次確認，這次生日還挺特別的。

「就是因為日子特殊，才更能顯出事態的嚴重性。」

杜敬之拿著電話，吞了一口唾沫，遲疑了好一會問：「把握大嗎？」

「成功率一半。」

「廢話！」

「只能孤注一擲了。」

「如果失敗了呢？」

周末沉默了好一會，才苦笑著說：「至少我可以保證不會連累到你。」

「操！」

「所以就選擇相信我嘛！」

「別這樣了，等高考結束的吧，如果就這麼被反對了，我以後還怎麼堅持下去啊？」

「當然要堅持下去。」周末說得特別堅定，「畢竟我答應過，就算家裡不同意，我們也不會分手，我們可以到大學裡繼續恩愛，慢慢感動他們。」

「如果你高考被耽誤了呢？」

「那就重考，再考到你那裡去，總之，我們不會分開。」

杜敬之氣得想摔電話，拿著電話就開始罵：「周末，你他媽就是一個精神病！老子豁出去了，跟你拚了，你就這麼不拿自己當回事是吧？你愛怎麼就怎麼樣，我不管了！你的點子了不起是吧，你自己決定去吧，滾開吧你，操！」

罵完他就掛斷了電話，之後，周末又打來了三次電話，他都沒理。

本來以後周末會服軟，結果並沒有，在這之後的幾天，周末都沒再聯繫他，還真打算跟他冷戰了似的。眼看著馬上到周末生日了，他訂做的畫集也到了。

這本來是他打算送周末的生日禮物，畫集裡都是他畫的條漫，還有一張他臨時用手繪板畫的合影，兩個人都笑得特別甜。畫集做得很精緻，還因為是單冊，內容全彩並且要最好的紙跟工藝，造價還挺貴，兩千多塊一本。

他看著畫集，突然一陣鬧心，拿起手機想給周末傳訊息，編輯了好幾個版本，最後還是放棄了。

九月一號，他還是沒忍住，給周末打了一個電話，結果周末居然關機！

居然關機了！

他突然有點不安，然後趕緊給劉天樂打電話：「喂，劉天樂，你去四樓寢室找周末去，我有事找他。」

「啊？他都三天沒來學校了，你不知道？」劉天樂也挺詫異的。

「什麼玩意？」

「我也納悶呢，就知道他沒來，具體因為什麼不知道，程樞也一臉問號。」

「……」杜敬之直接蹲在寢室裡，煩得直撓頭，隨便應付了幾句，就掛斷了電話。

什麼叫心亂如麻？

恐怕就是杜敬之現在的感覺吧。

他在心裡把周末罵了個遍，第一次發現周末這小子真夠倔的，倔得跟頭驢似的，拉都拉不回來。

他有點想現在就請假，直接跑到周末家裡去看看是什麼情況，最起碼讓他心裡有個數！

結果呢，這是什麼意思？

他在寢室裡自己一個人呆坐到凌晨，因為擔心又變成了一個小哭包，哭得直打嗝，鼻涕眼淚糊一臉，也懶得去擦。

到了晚上三點多，他才去洗了把臉，睡不著，就打開了筆記型電腦。

他自己的微博最後一條還是上次假期拍的相片，是他跟周末坐下時的腿，他穿著乞丐褲，露出些許白皙的皮膚來，腿踩在茶几上，周末穿的是深色牛仔褲，長腿特別醒目，評論裡還有一群土撥鼠尖叫著畫外音小哥的腿好長。

他點開了周末的個人微博，突然發現周末居然在幾天前更新了一條微博，他才看到。

橋斂之：既然走了這條路，就該知道，終點非黑即白，感情或生或死。只要不肯鬆手，至少不是一個人的孤單旅途，我在尋找光，希望你在身旁，做我的力量。等我。

杜敬之看著螢幕，噙著眼淚，說了一句意味深長的話：「傻子。」

096

周末走到房間門口，耳朵貼在門板上聽了一會，確定門外沒有人就又回了房間裡。

櫃子的最底層，他很早就準備好了一箱泡麵，掀起衣服，十分艱難地拿出了一袋。然後從書架的小櫃子裡翻出小鍋來，在飲水機裡接了一些熱水，開始泡泡麵。

他不經常吃這些東西，泡起來笨手笨腳的，第一次泡的時候水放得特別多，成品幾乎是清湯，麵也幾乎成了麵糊。現在鬧絕食的第四天了，泡麵的功力也不怎麼樣，只能將就著吃。

房間還儲備了一桶新的礦泉水，隨時可以換上去，估計還能撐幾天。他還準備了洗碗精，可以自己在露臺刷刷鍋，之後還能再用。

他也就是在太餓了的情況下才吃一點，為了造成他幾天沒吃東西日漸消瘦的模樣。不過他覺得快撐不下去了，估計今天晚上不是露餡了，就是周爸爸回來砸門。

他在書桌上找了一圈，最後拿來筆記本，一邊等泡麵，一邊看筆記。

前幾天跟家裡攤牌的時候，他淚如雨下，說得簡直沒有求生的欲望。

其實他也是臨時決定的，就是看到杜敬之生氣，突然就請假回來，想要提前結束戰鬥，這樣還能跟杜敬之一起過生日。沒想到，堅持了這麼多天，家裡還沒有讓步。

他的方法特別簡單粗暴。

他知道父母沒出差，就回到了家裡，一進門，父母看到他突然回來還特別驚訝，問他怎麼突然回來了。周末起初不說，只是垂頭喪氣地說：「我不想高考了，學校也不想去了。」

周家父母立即嚇了一跳。

最開始還當周末是因為高考壓力太大了，一個勁地開導，誰知說著說著，周末就開始哭，眼淚簌簌下落，看起來楚楚可憐的，然後抬手狠狠地一擦眼淚，這才說：「不是因為這個，我不想去，一天都待不下去，我總覺得我是個怪物，我死了算了，根本不正常。」

周媽媽嚇壞了，趕緊問他：「怎麼了這是？跟同學有矛盾了還是什麼？你怎麼能是怪物呢，你是一個特別優秀的孩子。」

周爸爸也特別緊張，就看著周末，也跟著安慰，周末又是半天沒說話，把父母急得講話都語無倫次了。

周末這才說：「我特別奇怪，小鏡子去畫室以後，就特別想他。」

周媽媽聽周末這麼說，先是一愣，然後就詫異地問：「因為跟小鏡子分開？他是藝術生，需要去畫室備考的，之後你們還是朋友。」

「不是……我發現我喜歡他，我好像是一個同性戀。」

這句話說完，家裡就是一靜，落針可聞。

周家父母從來都沒想歪過，只是覺得兩個孩子關係特別好，兩個小男生在一塊玩，哪有幾個家長會想歪的？現在周末居然說自己是同性戀？

同性戀？

他們這些年都沒接觸過這種人，根本不知道這個領域，一下子就傻了。

然後周末繼續哭，用近乎於崩潰的語氣說：「很奇怪對不對，我是不是個怪物？這樣的人就不該存在，是不是？我回來的時候，都想跳河裡死了算了，簡直就是怪物……」

「你別瞎想，說不定你只是想小鏡子了呢，媽媽現在給小鏡子打電話，讓他來看看你，你說不定就好了……」

「他不理我了，估計是討厭我了……我前幾天親過他了。爸，你揍我吧，我太渾蛋了。」

周媽媽好半天沒說出一句話來，硬生生噎出一個嗝來，只是震驚地看著周末。

周爸爸的拳頭握緊又鬆開，鬆開後又握緊，臉上的肉都在發抖，似乎是強忍著情緒沒有爆發，只是怕周末更加害怕，真的選擇自殺。

「說不定只是……你誤解了？」周媽媽繼續試圖挽救。

「不會，我確定了，不然不會這麼絕望。而且小鏡子說，他不是討厭我，說你們對他都特別好，他不能跟我在一起，不然會愧疚。他已經好久不理我了，我一個人要承受不住了……我不想去學校了，看不進去書，只想哭，只想死。」

「別死不死的，明天我帶你去看心理醫生，估計你就是自己誤會了。」周爸爸終於開口了。

「同性戀不是病，是天生的，我查過。我周圍都是正常的，潛移默化是改變不了的，不然我不會這樣。」周末立即回答。

「你……你……你怎麼可能天生就這樣，估計沒有……沒有杜家那小子，你不會這樣……你是不是就是覺得他長得好看，把他當成女孩子了，所以……」

「小鏡子不是女孩子，從頭到尾都不是！」周末第一次高聲反駁周爸爸。

周爸爸扭頭就走，直接去了洗手間，準備洗把臉冷靜一下。

周媽媽坐在周末身邊，跟著哭了起來，明顯被嚇壞了，還有點彷徨。她不能接受這件事，在她的心裡，周末高考會考得很好，之後讀大學，最好讀到博士，然後工作、結婚、生子，平平安安，健健康康地過一輩子，而且特別平順。

但是同性戀……

跟鄰居家的孩子。

周媽媽喜歡杜敬之，覺得這個孩子特別討人喜歡。但是，她從未想過，讓杜敬之成為自己兒子的戀人。

周末一下子把周家父母都嚇傻了，想罵還不能罵，因為周末比他們還崩潰的樣子，揍他吧……人家主動討打，反而下不去了。場面進入尷尬處境的時候，周末把書包往茶几上一放，說：「我把書都帶回來了，不過我看不下去，我想回房間冷靜一下。」

在周末上樓的時候，周媽媽才忍不住問：「你沒把小鏡子怎麼樣吧?他什麼反應？」

「他應該是喜歡我，但是不敢跟我在一塊，估計也挺怕的。當初是我纏著他的，我把他變成這樣的，我是不是……特別壞？」周末問。

「你別往心裡去，也別自尋短見，媽媽冷靜一下，然後我們一起想想辦法，好不好？」

周末低垂著眼瞼，思量了一下，然後擦了擦眼淚就上樓了。

進入門內，他的眼淚立即止住了，反鎖了房門，突然覺得事情發展似乎沒有想像中那麼順利。他坐在床上自我檢討，總覺得有些話說得不夠妥當，表現得不夠絕望，還應該多誇杜敬之幾句才對，增加兒媳婦的印象分數。

長長地歎了一口氣，仰面躺在床上，決定要持久戰。想傳訊息跟杜敬之報備一下情況，就發現手機沒帶上來，立即絕望了，打開電腦留言給杜敬之，許久之後都沒回，沒辦法，就又發佈了一條微博，希望杜敬之能看到。

跟杜敬之失去聯繫的第四天，周末躲在房間裡偷偷地泡麵，覺得泡麵味道一般，還在書架的縫隙裡摸出了一包榨菜來搭配著吃。這些都是之前買來給自己的儲備糧食，雖然條件艱苦，但是後面迎接他的會是幸福，想一想，就覺得泡麵十分美味，榨菜甘甜可口。

正吃著，周媽媽突然上了樓，敲了敲周末房間的門。

按照周末現在的設定，他應該餓得虛脫，自然不會應聲。

然後就聽到周媽媽說：「末末，我跟小鏡子的媽媽約好了，一會見一面，聊一下。」

周末立即豎起了耳朵，放下筷子跟榨菜，到了門邊問：「妳……打算幹什麼？」

聲音十分虛弱的樣子，聽起來十分完美。

「唉，還能幹什麼，自己兒子造的孽，我總得去跟人家家長賠禮道歉，然後一起看看怎麼解決。然後找機會讓小鏡子來，你們倆再聊聊，反正我們盡可能不耽誤你，你們自己看著辦。」

周末一聽就樂了，知道自己的媽媽是妥協了，立即應了一聲：「好，我跟小鏡子自己聊。」

「那你是繼續吃，還是出來吃點別的？」

「呃……」

周末心裡咯噔一下，心說媽媽真是神了，怎麼知道他在偷吃。

「媽媽一直沒跟你說，對面的房子被我們買下來了，在對面屋子能看到你這幾天在幹什麼。」

周末聽完，沒忍住，「撲哧」一聲笑了，然後用手撐著門，這個無奈啊。他耍小聰明，自己的父母也不傻，不然不能放任他自生自滅四天。於是他還是開了門，現在再矜持也沒什麼意思了。

「其實我……」他欲言又止。

「你什麼樣，媽媽知道。」周媽媽看著周末，沒好氣地白了一眼，「不過一開始，真給我嚇了一跳。」

「我雖然沒那麼絕望，但是真的很擔心你們不同意。」

周媽媽抿著嘴，沉默了一會，才開口：「你爸爸還是有點接受不了，我勸他，他還說我慣著你，這個真沒辦法，只能慢慢來。我也……我特別喜歡小孩子……」

周媽媽說完，又哽咽了。

「對不起，我恐怕不能滿足您這個願望了。」

「小時候就不拘束你，你想學就學，想不學就不學，想考哪個大學，考什麼專業，我們也不管。這個事，我們想管，但是管不了。這幾天我也出去打聽了，也上網查了，冷靜下來想一想，能怎麼辦呢，你畢竟是我的兒子，我不能因為我是你的父母限制你的幸福，你說是不是？」

「謝謝您……」周末也低下頭來。

「那你跟媽媽說實話，你跟小鏡子現在，到底是怎麼回事？」

「我們在一起一段時間了。」

周媽媽似乎早就想到了，但是還是忍不住難過了一瞬間。

097

杜媽媽跟周媽媽不是第一次見面了，平時都聊得很愉快，這次見面卻格外尷尬。

兩個人故意約在了環境相對安靜的美容院裡，兩個人並排躺在美容床上，臉上塗了不同顏色的護膚面膜，說話的時候都有些聲音含糊。

「周末跟妳坦白了？」杜媽媽首先開口。

「嗯。」周媽媽應聲之後，還有點難以承受，不過還是緊繃著臉回答，「就在前幾天跟我說的，妳是什麼時候知道的？」

「春節的時候。」

「比我早了半年多，妳當時是什麼心情。」

「能是什麼心情，想打想罵，可知道不管用。我沒跟敬兒鬧脾氣，自己冷靜了一陣子，畢竟這種事情，孩子沒有做錯，他們也很為難。還有可能是因為我的婚姻不幸福，所以讓我近乎於麻木，然後想著就這樣吧，不管了。」

「我還是有點愧疚。」周媽媽也覺得把話說開了，心裡能好受一點，「周末別看溫和，其實主意很多，兩個人在一塊是什麼狀態，我也能看得出來，最開始明顯是周末更主動，所以是他把小鏡子帶歪的也說不定。」

「這種事情，有可能是天生的吧。」

「我並不這麼覺得，哪有可能住在一塊的兩個孩子，碰巧兩個人都是天生就是這樣的？咱們這麼大年紀的人了，也能想明白，恐怕是一個人是天生的，然後影響了另外一個人，而被影響的那個人，並不一定是喜歡男生，而是喜歡的人是個男生而已。」

屋子裡，又是一陣短暫的沉默。

不久後，美容師過來，幫她們處理臉，這段時間兩個人都不再說話了。

等美容師再次出了房間，杜媽媽才突然開口：「我本來也覺得，放任不管，說不定兩個人會自然分手或者其他的。結果上一次，敬兒放棄那個畫家的邀請，還放棄去那麼好的大學留學的機會，就是為了留在國內跟周末在一塊，現在還努力要跟周末一塊考華大，我就覺得，至少敬兒是不會輕易放棄這段感情的。」

「什麼邀請？還有留學機會？」周末媽媽十分驚訝地問。

杜媽媽沒想到周媽媽不知道，就把杜敬之的畫被抄襲，誤打誤撞被著名的畫家看中的事情跟周媽媽說了。

周媽媽聽完，整個人都傻了，想要拿出手機給周末打電話，問一問周末知不知道這件事情，這麼輕易地放棄那麼好的機會，簡直就是胡鬧，如果杜敬之高考失利了，周末能負起這個責任嗎？

結果發現換衣服的時候，因為魂不守舍，手機沒帶在身上。

這個時候，杜媽媽再次說了起來：「這兩個人在一起，不存在誰高攀了誰，反正敬兒付出的不比周末少，而且，敬兒本身也是一個十分優秀的孩子。」

「嗯，小鏡子確實十分優秀，我也十分喜歡。」周媽媽閉上眼睛，心中的那種忽上忽下的感覺一直存在著，到現在都飄忽不定。

「累了一輩子了，別再因為孩子的事這麼提心吊膽了，他們也大了，有自己的主意了，等他們高考結束了，我們也自由了，該為自己活了。」杜媽媽感歎了一句。

周媽媽也跟著歎了一口氣：「嗯，妳說得對。」

周末終於取來了手機，一邊替手機充電，一邊給杜敬之打電話。

現在正好是午休時間，杜敬之一上午沒看手機，現在才有空跟他多聊一會。

結果，杜敬之接到電話之後，氣得飯都吃不下了，直接起身去了門口，對著手機就開始罵人：「你復活了是吧？你現在想起來你還有一個男朋友了？你什麼都自己做好決定了，你自己跟自己相處得多好啊，你找我幹什麼啊？多影響你發揮啊！」

「別生氣，這不是成功了嘛。」周末立即開始求饒，然後問，「我去看你啊？」

「你還沒去上學？」

「明天就去。」

杜敬之蹲在門口，氣呼呼的，不過還是關心周末家裡的情況，立即詢問了一下，確定周家已經算是同意了，這才放下心來。

「行了，反正今天你不去學校，我也去跟畫室請個假回去，咱倆找個地方見一面吧，正好讓我收拾你一頓。」杜敬之這樣說道。

周末立即收拾東西，準備出門，結果就碰到了做完美容回來的周媽媽，她看到周末，竟然連鞋子都沒換，直接走了進來，迎面就給了周末一巴掌。

「我還當你多可憐，結果你簡直過分，沒輕沒重的，自私自利！」

周媽媽罵完，氣得身體都在發抖。

周末這麼大，第一次被家長打，不由得一怔，不明白發生了什麼，只是捂著臉問周媽媽：「媽，妳幹什麼啊？」

「你……你要是跟小鏡子你情我願的就行了，兩個人在一起是往著好的方向去的，結果你居然還耽誤人家的前途！你究竟還瞞了我多少事？啊？」

「我怎麼就耽誤別人的前途了？」

「讓小鏡子放棄那麼好的留學機會，就為了跟你在一起？你能對人家以後負責嗎？如果小鏡子考得不好，沒考上華大，他能不恨你嗎？你怎麼能這麼耽誤人家的前途啊，你讓我怎麼有臉見他媽媽啊……」

「什麼留學機會？媽，妳在說什麼？」

周媽媽被問得一怔，反覆確認周末的表情，似乎比她還意外，立即意識到，杜敬之恐怕連周末都沒說，於是抬起手來捂住臉，自己先哭了起來：「我真是腦袋亂成一團漿糊了，怎麼能不先跟你確認一下呢？」

為人父母，十分不易。

誰都不是天生就是做父母的料，都要在後期學習，想要做好，卻又會出現太多的小毛病。

周媽媽已經十分努力了，可是處理這樣的突發事件，此時還是有些慌了神。這幾天裡，她推掉了幾個生意，到處奔走，自己去詢問心理醫生，打字速度特別慢地上網查詢，連續幾天都沒睡好，已經有些神經衰弱了。

周末有點無奈，走過去抱住媽媽，拍了拍肩膀安慰：「媽，妳別哭，是我不好，我用錯方法了，嚇到妳了，我道歉，我渾蛋，妳要是覺得心裡難受就再打我幾下發洩一下。妳說留學的這件事我確實不知道，妳告訴我好不好？」

周媽媽靠在周末懷裡哭了幾聲就推開了周末，到茶几邊抽出幾張紙巾來用紙巾擦臉：「在美容院的時候臉上塗了東西，不能弄沒了，挺貴的。」

周末無奈地看著周媽媽小心翼翼擦眼淚的模樣，知道周媽媽是不準備再哭了，因為她已經恢復了理智，知道再哭下去會十分昂貴。

他把東西放在了一邊，然後說：「留學的事，跟我說說看吧。」

杜敬之帶上了畫冊，又去蛋糕店取了蛋糕，開心地拎著東西到了周末的別墅。

他已經有這裡的門卡以及鑰匙了，直接打開門進去，看著空蕩蕩的房子，思考著要不要佈置一下。收拾了大概有半個多小時，周末才來，進門後把鑰匙放在了玄關，就直接走了進來。

杜敬之正跪在地板上擦地板，結果周末直接走了過來，跪坐在他身後，抱住了他的腰，然後兩個人便一起身體一歪，躺在了地板上，周末依舊是從後面抱著他的姿勢。

「想你了。」周末這樣低聲說。

「哦，你還知道想我，我還以為在你心裡我都是個死人了呢。」杜敬之說著，就要推開周末，起身揍周末一頓。

「小鏡子，別動，讓我再抱一會，我心裡難受。」周末說話的時候，聲音很沉，不像平時故意撒嬌的語氣，而是真的有些消沉。

杜敬之也知道輕重緩急，所以沒再掙扎，只是任由周末抱著，然後問：「家裡的情況不太好？」

周末沒回答這個，而是問：「小鏡子，我是不是太自負了？」

「為什麼這麼問？」

「你回答我就好了。」

「有的時候確實挺讓人生氣的。」

「對不起……」周末說的時候，居然是哭腔，弄得杜敬之身體一僵。

杜敬之想要回頭看看周末，結果被周末按住了，說道：「別回頭，讓我抱著就好。」

「你怎麼了？」杜敬之妥協了，沒再動。

「我在自我反省，關於我的性格，還有我的自負，我在檢討中。」周末把臉埋在杜敬之的後背裡，聲音越來越軟，鼻音越來越重，明顯是正在偷偷掉眼淚，「我太把自己當回事了，覺得自己很聰明，結果總在做傷害別人的事情。上次勸你跟我一塊考華大，這次逼著我父母接受我是個同性戀的事情，都是在給你們壓力來達到讓我愉快的目的，簡直太差勁了。」

「其實……我不怪你。」

「我怪我自己，給你們造成了心理負擔，明明什麼都做不好，卻總是自信滿滿的模樣，傻透了……」

周末哭的時候，其實很安靜。
安靜地流眼淚，安靜到不會打擾到誰。
安靜到……自虐的程度。

098

周末哭了一陣子，絮絮叨叨地說著自己的內疚，說自己給了杜敬之壓力，還嚇到了自己的父母，對自己進行檢討，一個勁道歉。

杜敬之是憋著一肚子的火來的，結果拳頭還沒出，就直接靠進了棉花裡，心裡一陣無奈，責怪不起來。

太懂事的孩子，就是在大人責怪之前就自我檢討完畢了。

周末做懂事的孩子做習慣了，不肯給自己犯錯的機會，稍微做了點錯事，就自責得要命。恐怕是這次的事情有點大，才會哭得這樣慘兮兮的。

「哭完了沒？」杜敬之盡可能地柔和地問。

「還差點。」周末回答。

「那我可以回過身親你嗎？」

「好。」

杜敬之立即調整了一個姿勢，讓周末仰面躺在地板上，然後騎坐在周末身上，從口袋裡取出手機來，對著周末快速照了一張相。

周末的眼角還掛著眼淚沒有擦掉，鼻尖有點紅，整個人的樣子都好似被霧浸泡過，濕漉漉、軟綿綿的。突然被拍照，他還有點懵，很快就伸手去搶杜敬之的手機。

「好了，我消氣了。」杜敬之把手機丟到一邊，然後低下頭，吻住周末的唇，主動把舌尖探入周末的嘴裡，胡攪蠻纏了好一陣，才鬆開了他，嘴唇上還濕漉漉的，不知道是屬於誰的濕潤。

「生日快樂，圓規哥哥。」杜敬之微笑著說，臉上有著狡黠的微笑，配上棕色的髮絲以及淺色的眸子，看起來像一隻貓。

周末一直看著杜敬之，然後破涕為笑，輕輕應了一聲：「嗯。」

「我好愛你。」

「我也是。」

兩個人，四目相對，眸子裡似乎都含著笑，笑容柔柔的，暖暖的，全是溫柔，似乎可以化成甜蜜的果汁，讓四周圍都帶著果味的香甜氣味。

杜敬之的頭髮有些長了，因為讀書許久沒有整理過，瀏海有些許都搭在了鼻樑上，在臉上投下影子來，讓眼睛更加迷離。

他一直看著周末，一直看著，然後伸出手在周末的鼻尖上點了一下：「好想欺負你啊，看起來很好欺負的樣子。」

周末揚起頭來，直接咬住了杜敬之的指尖，然後含在嘴裡，用舌尖去舔他的手指，來回吸吮。原本想要調戲周末，卻覺得被周末反過來調戲了。

「其實確實壓力挺大的。」杜敬之抽回自己的手，走到沙發前，從自己的包裡取出一個髮箍來，戴在了頭頂，露出飽滿的額頭來，「每天畫到淩晨，躺在床上的時候，就感覺心臟跳得特別快，好幾次都擔心睡著了以後就醒不過來了。」

「熬夜造成的？」

「應該算的吧，但是誰的高三不是這樣？不拚，怎麼知道自己不行？真不行了，再想辦法唄。反正天無絕人之路，只看自己肯不肯努力。」

「嗯，你說得對。」周末看向杜敬之，「畢竟你這麼棒，肯定可以的。」

「我不後悔。」杜敬之突然說，「不跟你在一起，不經歷這些事情，我不會覺得我可以，我從來沒覺得我自己這麼厲害過，第一次發現我居然可以這麼拚，說你發掘了我的潛力也不為過。所以你沒必要這樣，至少我自己覺得，我現在的狀態特別好。」

其實其他煽情的話，不必再多說了，杜敬之已經告訴了周末他現在的想法。

周末跟過來，看著茶几上的蛋糕，伸手打開了蓋子，發現蛋糕上畫了一個小鏡子，還畫了一個圓規，立即喜歡得不行，取出手機來拍照。

吃了一口蛋糕上的巧克力，他突然笑了起來：「我爸本來給我買了一輛車，結果今天一生氣，自己把車開走了，說不給我了，他開新車出去散散心。」

「買的什麼車啊？」

「沒買太好的，好像是本田雅哥。」

「你已經超越很多十八歲的少年了，好嗎？」

「那小鏡子一年賺了這麼多錢，也超越很多十七歲少年了。」

「謙虛點，也就超過一小部分。」

「嗯！」

兩個人又一塊吃了蛋糕，之後周末心滿意足地來回翻看畫集，又跟杜敬之從沙發上親到了地板上，這一天才算是美滿地過去了。

然後，杜敬之又一次硬著頭皮，帶著一脖子的草莓印回了畫室。

今年的藝考跟往常差不多，十二月開始報名，一月十二日正式考試。單招是每個省份設置考點，如果有，就可以去參加，沒有的話，還得去學校進行考試。他們居住的是省會城市，正好本市就有一個考點。

藝考杜敬之早早就報名了，還打開筆記型電腦確認了好幾遍才算是安心。

杜媽媽不放心，讓杜敬之盡可能平常心對待，杜敬之也全都答應了下來。

杜媽媽在十二月開始就不再出差了，之前還挺淡定的，結果臨近藝考了也跟著緊張了起來，隔三岔五就去畫室跟畫室的老師聊一聊，問問杜敬之現在的狀態，再問問考試的把握程度，每次都能得到老師的安慰。

杜敬之的狀態一直很不錯，畫畫基本功是有的，畢竟是從小學到大，有些藝術生是到了高中才開始接觸，就算這段時間跟著集訓，也根本趕不上杜敬之的水準。而且，杜敬之的水準一直很不錯，在畫室內也是十分優秀的。

就算上次鬧了抄襲的事情，畫室也沒有對杜敬之區別對待。因為他們注意到，著名的畫家都看中了杜敬之的才華，就證明杜敬之真的有潛力，這樣的人以後如果成材，就會是他們畫室的一筆光輝，可以用來做活廣告，自然不會怠慢。

藝考當天，杜敬之醒來的時候就看到杜媽媽直勾勾地看著自己，還真是嚇了一跳。遲疑了一下，還是爬起來，發現衣服都在床邊擺好了。

他沉默了一會，什麼都沒說，只是穿上了。

這一天的衣服沒什麼特別的，就是舒服、暖和，不在乎好看不好看。

吃了早飯出了家門，就看到了周末的那輛雅歌，兩個人立即走了過去。上車之後，周末還在看手機，注意到他們上車才問：「昨天晚上休息得怎麼樣？」

「還行吧。」杜敬之隨便回答了一句，然後從口袋裡取出一個橡皮筋來，隨便地紮了一個小揪揪，就懶洋洋地坐在後排休息了。

現在杜敬之頭髮已經長得快要及肩了，有種搖滾少年的感覺，就是沒有藝術家的感覺，外形格格不入。

杜媽媽則是跟周末聊天：「你複習得怎麼樣了？」

「別提了，請假考駕照，被我班導罵壞了，說沒見過高考前還惦記著考駕照的學生。之後為了打壓我，故意給我壓分，很多題對了，硬是不給分，直接給我打壓成第三名了，我粗略算了一下，多扣了我二十八分。」周末一邊開車，一邊抱怨。

「確實胡鬧。」

「整天在學校裡待著，簡直要憋死了，也是出來透透氣。」周末無奈地說。

「你可得好好考，不然以後不得覺得我們家敬兒是紅顏禍水了？」

杜敬之原本在閉目養神，聽到這裡就坐不住了，無奈地問：「我聽著怎麼那麼奇怪呢，你們夠了沒啊。」

周末笑了笑，沒再說話。

真到了考試這天，杜敬之反而覺得輕鬆了，之前那麼緊張的訓練，到了今天就算是結束了一大部分，終於要解脫了。

想想還挺幸福的。

考試的時候，杜敬之發揮得還不錯，走出考場就看到周末的父母也來了。

一行人到提前預訂好的餐廳包廂一起吃晚飯，坐在位置上杜敬之忍不住問周末：「你這麼請假，滅絕沒怒嗎？」

「我爸媽幫我請假的，不然滅絕真不願意放人。」然後伸出手來，握住了杜敬之的手，「你看我緊張的，手心裡全是汗。」

結果兩個人剛握住手，周媽媽就問了一句：「小鏡子，覺得自己畫得怎麼樣？」

「行，挺好的，都是那些東西，就是換了個樣子而已。」杜敬之把自己的手抽回去，然後在褲子上擦了擦來自於周末的手汗。

「你有信心就行，聯考結束了，校考的時候再衝刺一下，就差不多了吧？」

「嗯，沒錯。」杜敬之回答。

周爸爸挺開心，前陣子還不同意呢，現在也看開了，整個人都顯得和顏悅色起來，然後開始叮囑周末，在杜敬之回學校之後好好幫助杜敬之學習。

聯考結束後，杜敬之就回了三中，三中高三的學生們正處於昏天暗地的衝刺中，聽說春節也就放幾天的假而已。

杜敬之跟周末肩並肩，拎著行李進到三〇九寢室的時候，就看到裡面坐著的人不僅僅是七班的男生，還聚集了其他班的幾個男生，都是杜敬之一眾兄弟。看到杜敬之進來，一群人立即異口同聲地歡迎：「歡迎杜哥回到地獄！」

杜敬之這個無奈啊，看著他們忍不住抱怨：「我剛從地獄中走出來。」

「然後走進了另外一個地獄。」黃雲帆回答。

「我跟你說，我和柯可出去兩天我都不空虛，在這每分每秒我都空虛得要命。」劉天樂補充。

杜敬之把行李箱一放，氣得想打架。

099

如果杜敬之跟當初一樣，覺得隨便考哪裡都行，或者直接去當油漆工也無所謂，他估計會等到過完年再回學校，或者等校考結束。

但是現在確定了要考華大，自然不能掉以輕心，考完試就來了學校，想要以最快的速度進入到複習衝刺階段，生怕晚幾天就會耽誤很多東西。

來了之後跟朋友們敘舊是要做的，不過很快，氣氛就是一沉。

因為杜敬之剛到寢室，正在聊天，周末就給杜敬之遞了一疊卷子，然後說道：「你把這份考題答一下，看看你現在是什麼水準，四百分及格，四百五十分萬歲，五百分以上你就是天才了。」

杜敬之伸手接了過來，拿在手裡看了看。

「不是吧小周哥哥，要不要這樣，我們杜哥才剛剛回來。」劉天樂看著覺得有意思，一臉忍笑的模樣問。

「沒辦法啊，時間緊迫，畢竟這裡是地獄嘛！」周末沒在意，直接拉著杜敬之出了寢室，留下其他的人面面相覷。

黃雲帆第一個衝了出去，手裡拎著一箱東西追到了杜敬之身邊：「等會等會，咱們有禮物送杜哥的！」

杜敬之一聽，忍不住樂了，還挺高興，伸手接了過來，結果一下沒拿穩，差點砸了腳：「我操，都是啥啊？」

「練習題跟核桃。」

「……」

「沉甸甸的都是我們的愛意。」

「練習題是你們沒寫完的，核桃是你們吃不了的吧？」

「……」黃雲帆沒回答，然後很快笑了起來，特別猥瑣。

杜敬之立即把沉甸甸的「愛意」重新給了黃雲帆，然後說：「你先幫我拿回去，我去寫個考卷。」

「好，你去吧，我們寢室也是一般不到十二點不睡覺。」黃雲帆說完，就又把「愛意」拎了回去，回了寢室。

杜敬之跟著周末到了四樓，發現四樓的桌子明顯比三樓多，顯得特別密集。

「四樓都是重點班。」周末看到杜敬之驚訝的模樣立即解釋了一句。

「哦，秒懂，不過我可不跟你一塊當廁所的門神。」杜敬之跟著周末到了周末的書桌前，指了指桌子說道。

「那搬三樓去？三樓經常特別吵。」

「那是哥沒在三樓。」

「行吧，那我去搬桌子，然後明天給你申請個桌子，好點的桌子都被沒選光了，我去幫你弄來個新桌子。」

「行，到時候你別說你走後門要來的，就說是我搶來的也行，符合我的風格。」

周末只是笑了笑，沒說話，搬著桌子到了寢室三樓，然後找了還算不錯的地方坐下，杜敬之開始安靜地答題，周末坐在他身邊，手裡拿著書自己看。

周末出現在三樓還挺引人注意的，還有人走過來詢問：「這是被重點關照了？」

「哦……確實是重點照顧的對象。」周末微笑著回答。

其實杜敬之答題一點也不順利，寫一會，就有人發現他回學校了，然後過來打招呼，之後繼續寫。沒多久又有其他人過來詢問他的藝考怎麼樣，寫完一張卷子，就已經到了十一點了。

「我以前從來沒發現我人緣這麼好。」杜敬之寫完卷子給了周末，忍不住嘟囔了一句。

「你明天白天別去上課了，就在這裡把卷子寫完吧，作文也寫了，我找老師幫你看看分數，最起碼得知道個大概範圍，心裡有個數。」周末說著，把杜敬之答完的卷子放進了包裡，同時調整了一下姿勢。

「我剛才就想說了，你的腿怎麼那麼礙事呢，到處亂放，我真怕你看會書，突然起來做一套廣播體操。」

「做過。」

「操？」

「不然總這麼坐著真難受。」

「你厲害，下回再踢到我，我就把你的腿綁桌子上，再打一個蝴蝶結。」

周末立即慫了：「好，我錯了。」

杜敬之第二天真的沒去上課，而是把這一套題庫全寫了，答完之後也到了周末他們晚自習下課的時候。

周末過來的時候，杜敬之就躺在桌子上唉聲歎氣的：「好多公式都忘記了，我覺得我脖子上就是插了一個換氣扇，簡直可以稱之為擺設了。」

「正常，半年沒接觸，肯定不熟悉了，之後只要複習了就能撿起來。」周末指揮著黃雲帆把桌子放好，就跟杜敬之坐的地方並排放著。

原本走廊裡的書桌都是最老式的，全木頭材質，顯得很笨重，而且很舊了，桌面都被之前的學生刻了字。搬來的這個書桌是新的，體積小了一些，而且光滑，是金屬框架。

兩個人並排坐在一塊，周末先大概看了看杜敬之的卷子。

「以後小周哥哥就在三樓安家了？」劉天樂看著他們倆問。

「嗯，不歡迎？」周末挑了挑眉問。

「怎麼可能，求之不得，以後有問題就可以來問你了。」

「別來，我是一個專屬輔導員，只輔導小鏡子。」

「噫！」劉天樂立即嫌棄得不行，「滾回你的四樓去。」

結果剛說完就被黃雲帆拍了一下：「怎麼這樣跟我爸爸說話呢？」

劉天樂都無奈了：「你可真孝順。」

之前就是看到周末搬桌子，黃雲帆那肥胖的身體居然是百米衝刺到了周末身邊，然後幫周末搬桌子，現在也殷勤得要命。

可能是在家裡已經出櫃成功，這兩個人也沒如何遮遮掩掩的，毫不掩飾兩個人關係不錯，在寢室裡一直是一塊學習。不過兩個人還是十分收斂的，沒有當眾勾勾搭搭，擁抱接吻，只是平常朋友一樣的相處模式。

杜敬之回到班級後還被老莊叫去了辦公室，先是詢問了杜敬之藝考的情況，然後又給予了安慰，並且說了她跟滅絕打聽來的經驗。好多藝術生後期也都追了上來，雖然不如普通學生分數高，但是他們自身要求的分數低，不用有太多壓力。

不久後，杜敬之卷子的分數也下來了，還算可以，四百一十二分。

「還可以，之後再努力努力，四百五十分是肯定能到的。」周末念叨了一句。

「現在還不確定我的專業分數是多少，所以想要安全一點，得朝著五百分努力，畢竟那是華大啊……」杜敬之說著，忍不住翻了一個白眼，「這個學校得看綜合分的。」

「等聯考成績吧。」

聯考即將公佈成績的那天，周末特意沒回自己寢室，在杜敬之的寢室裡拿著筆記型電腦一直等待著刷新。

「我更新一條微博吧。」杜敬之覺得有點焦躁，忍不住問了一句。

「等分數下來再發，還能引來一群土撥鼠。」

「我突然有點忐忑了，畫速寫的時候有點著急，一個地方畫得不是很滿意，又怕時間到了來不及改，我就沒動，不知道那裡會不會影響成績。」

「淡定……」

杜敬之一下子趴在了床上，一副離開水瀨死的鹹魚模樣。

周末其實也挺緊張的，手心裡都是汗，卻沒表現出來。

黃雲帆也坐在一邊跟著等，還問了杜敬之一句：「杜哥，聯考過了的話，你校考之前還回畫室嗎？」

「不想去了，這麼幾天也提高不了多少，不如在學校裡提高點分數，怎麼也得到五百分啊！對了，劉天樂，你上次的那個考試多少分？」杜敬之有氣無力地回答。

「就是你寫的那套？六百三十七分。」

「啊……我離開之前比你分高一些的啊！」

「我去，我如果考四百多分，我媽能殺到學校裡把刀架我脖子上，讓我唱《大悲咒》給她聽，我不是藝術生啊！」

杜敬之立即坐起身來，嚷嚷起來：「你瞧不起藝術生是不是？老子手都出繭子了！」

黃雲帆露出自己的手臂：「我手臂也特別粗壯。」

杜敬之盯著黃雲帆的麒麟臂看了一會，忍不住歎了一口氣，躺下以後繼續說：「我如果專業分低，文化科目也得六百分以上，現在也得朝著五百分努力，五百五十分左右才能保平安，我還差遠了。」

就在這個時候，走廊裡不知道是哪個瘋子突然唱起歌來：「大不了重頭再來！操！」

杜敬之忍不住翻了個白眼：「跟我畫室的寢室比起來，這裡簡直就是貧民窟，這隔音，這環境，這髒亂……」

劉天樂忍不住吐槽：「你就滿足吧，我們都在這裡煎熬一個學期了，現在已經麻木了。」

這個時候，周末突然說了一句：「查到了。」

杜敬之這才反應過來到時間了，趕緊問：「多少分？」

「二百七十八分。」周末回答，然後笑得特別好看。

杜敬之聽到這個分數，先是一愣，然後釋然地笑了起來。

黃雲帆坐在旁邊聽著，有點著急，趕緊問：「二百七十八分是個什麼概念啊？考得不錯？」

「嗯，考得不錯。」周末回答。

「我不太懂這個，這個藝考多少分及格啊？二百五十分？」黃雲帆繼續問。

「過二百二十分，就是本科線了。」

「那就行……」黃雲帆鬆了一口氣。

幾個人正聊著，杜敬之就接到了一個電話，還以為是杜媽媽打來問分數的，結果一看來電顯示，是畫室的代課老師打來的，他立即接聽了。

老師似乎很興奮，直接高聲問道：「杜敬之，你查分數了嗎？」聲音洪亮到不用擴音器，其他人就能聽到。

「嗯，查了。」杜敬之回答得還挺淡定的。

「二百七十八分！二百七十八！全省第一！」

100

短暫的安靜後，三〇九寢室的土撥鼠們先炸了，一起歡呼著撲向杜敬之，弄得杜敬之特別狼狽，只能艱難地掛斷電話，然後喊了一句：「周末救我。」

結果一看，周末居然舉著手機錄影呢！

要他有何用？

可能是因為三〇九寢室鬧得太厲害了，引來了其他寢室的人，杜敬之考了全省第一的消息很快就被傳出去了，有人來恭喜，有人酸著說：「藝術生就是好考大學，不用像我們這麼辛苦。」

杜敬之沒空理這些，先是給杜媽媽打電話，然後遲疑了一下，沒聯繫杜姥姥，怕這麼晚了聯繫她再讓她犯了病，結果杜姥姥先打過來了，第一句話就問：「敬兒啊，考得怎麼樣啊？」

「您猜猜。」

「及格了？」

「再猜得狠一點。」

「沒及格？」

「太狠了，往好的方向猜猜。」

「考得不錯啊？」

「嗯，二百七十八分，全省第一。」

「哦。」杜姥姥十分平靜，然後又問了一句，「全省幾個考生啊？」

杜敬之沉默了，他不知道，也沒明白杜姥姥怎麼這麼平靜，估計是以為藝術生特別少呢。他不知道該怎麼解釋，正猶豫著，就聽到杜姥姥問：「能考上好大學不？」

「能啊！肯定能，全省第一呢。」

「你不是學習不太好嗎？」

扎心了姥姥。

「其實也不算太差……」杜敬之低聲回答。

「要繼續努力，不能驕傲，知道嗎？」

「嗯。」

「全省第一……有獎金不？」杜姥姥又問。

「……」杜敬之想掛電話。

又跟杜姥姥聊了幾句，杜敬之的心情也平復了很多。

就像杜姥姥那麼淡定一樣，還沒塵埃落定呢，現在高興得太早了，等高考結束，全部成績出來，拿到錄取通知書了才算成功。

杜敬之掛斷電話，站在空蕩蕩的走廊裡，看著走廊裡的那些書桌，突然一陣悵然。

周末也在這個時候打完電話走了過來，然後抱住了杜敬之，用力地揉進懷裡，小聲感歎：「小鏡子怎麼這麼棒呢。」

「我姥姥剛剛打擊完我。」

「怎麼了？」

「她說我學習不好。」

「你是全省畫畫最好的。」

「一般學科的成績還差點，才四百一十分，離目標還很遠。」

「已經非常非常厲害了，我簡直要高興得哭出來了。你已經很棒了，我也得繼續努力了。」

「一起吧。」

「嗯，一起努力。」

杜敬之激動得睡不著，打開電腦發了一條新的微博，並且截圖了自己的分數。

杜敬之：已經能夠確定了，聯考的成績是全省第一。

就算是淩晨，也阻攔不了這些夜貓子，竟然很快就來了大批的祝福。

十一只小黃：敬兒好棒！啊啊啊啊啊啊啊啊啊！

莎裡襪：全省第一！！啊啊啊！老公你好厲害！

灼灼桃花仙：敬哥哥出畫集吧，必入。

篆香：終於更新微博了，什麼時候發自拍啊？好想知道畫外音小哥什麼樣啊……

杜媽媽第二天就來了學校，跟學校的老師瞭解杜敬之的成績，然後開始張羅之後的考試日程。

藝術生要比普通考生辛苦很多，普通考生只要安心複習，進行衝刺就行，藝術生還要到處奔波著去考試。

杜敬之無疑是十分忙碌的，在學校的時候認真地複習，因為已經考了一次，意識到自己已經遺忘了一些知識，立即把筆記拿出來認真地看了幾天，重新拾起來。還要抽出時間來偶爾畫畫找找感覺，準備參加之後的考試。

就連春節期間，杜敬之都跟周末一塊去了別墅讀書，周末對杜敬之進行了慘無人道的一對一培訓。

一塊來複習的還有程樞，因為家離得近，不想為了來拜訪的親戚心煩，就每天開開心心地來當電燈泡。

三月二十七號，杜敬之生日，明明是成人禮，結果這個生日真是簡陋得不像話。

淩晨就有一群精神病在關了燈的寢室拿著手機或者手電筒放在下巴下面，圍著他的床用陰森的聲音唱生日歌。他探頭看了一眼，周末居然跟這群蠢貨一起胡鬧，他恨不得當場分手。

然後就是一個有點破碎的蛋糕，聽說是他們爬牆進來的時候把蛋糕摔了一下，不過不影響食用，他也沒挑，樂呵呵地跟著一群神經病蹲在寢室的地上吃生日蛋糕。

「許願了嗎？」周末問他。

「我現在的願望都差點寫腦門上了，每天為了這個願望熬出兩眼血絲，還用再走一下程序嗎？」杜敬之問。

「許吧，至少誠心，萬一老天爺覺得盛情難卻了呢？」

「可是萬一考上了，你們歸功於我生日許願了怎麼辦？我豈不是被忽視了實力？」

「你說得很有道理。」

正貧嘴呢，就收到了杜媽媽傳來的訊息：媽媽給你轉了二萬五千塊錢，隨便花。生日快樂大寶貝兒子。

杜敬之看著訊息歎了一口氣，打字回覆：我現在有錢都沒空花。

杜媽媽：那還我？

杜敬之：不還。

杜敬之正得意地笑呢，結果一抬頭，就被周末攬住了肩膀，然後迎面迎來一個吻。

他就覺得，那一瞬間，他簡直要炸，這可是在寢室，當著這麼多人的面呢，還有幾個人不知道他們倆的關係呢，要不要臉了還？

然後就聽到了其他人起哄的聲音，有人想拍照，周末已經鬆開杜敬之了，那人根本沒來得及。

其實整個寢室的人都已經心照不宣了。

黃雲帆捂著胸口，一副受傷的模樣：「雖然早就知道，但是現在親眼看到，還是有點……」

「怎麼？」杜敬之危險地笑了一下。

「我居然覺得兩個帥哥親嘴畫面也挺好看的。」

周末樂不可支，杜敬之還是把黃雲帆揍了一頓，順便發洩自己內心的羞澀。

到了四月十號，杜敬之終於輕鬆了不少，因為專業分數出來了，他的專業分數是六百六十五分。

按照以往的成績算，他的一般學科成績只要過四百分，就穩穩地能考進華大了。

最近的一次考試，他的總分已經到五百一十二分。

也就是說，他只要高考的時候不發揮失常，就已經是穩穩地被錄取了。

杜敬之專業分數下來的那天，杜媽媽在電話裡就哭了起來，好半天一句話說不出來。之前的全省第一名，如今的專業分六百六十五分，都在證明著杜媽媽當年的決定跟堅持沒有錯，杜敬之是真的有繪畫天賦，真的可以考上華大。

原本有一段不幸的婚姻，曾經一貧如洗，離婚時的絕望到現在都沒有忘記。

現在呢，杜敬之特別爭氣，爭氣到讓杜媽媽震驚的程度。她突然覺得自己特別幸運，拋開其他的都不說，她已經被上天眷顧了，才能夠生出這麼優秀的兒子。

那天下午自習課，高主任在杜敬之班級門口晃了好半天。等下課了，杜敬之走出教室，高主任才拍了拍杜敬之的肩膀，說了一句：「考得不錯，之後好好保持，成績別下滑了就行，知道嗎？」

「嗯，知道，老莊……哦，莊老師已經跟我單獨談話了，要我繼續保持，而且我狀態挺好的。」

「不錯不錯，之前沒白努力，果然水準不錯，以後我就得跟學生說，多媒體樓裡的壁畫是藝考第一畫的。」

「別別別，我們謙虛點。」

「不用謙虛，是金子總會發光，優秀的人就該光芒萬丈！」

杜敬之被高主任弄得有點不好意思了，只是「嘿嘿」笑了一聲，然後說：「高主任，我得去廁所了。」

「等會，我再問你個事。」

「您說。」

「你家裡跟周末家裡都溝通好了？」

雖然問得挺含蓄的，但是杜敬之居然一下子就懂了高主任的意思，模樣有點慌張，卻還是點頭同意了。高主任微微低下頭，沉思了一陣子，又抬手拍了拍杜敬之的肩膀，安慰：「沒事，別怕，都是很優秀的兩個孩子，你們的前途必將璀璨。」

「感謝鼓勵。」

杜敬之從廁所回來，就趕緊給周末傳了一條訊息，問：怎麼高主任知道我們的事了？

周末：我猜其實不少人都知道了，只是睜一隻眼閉一隻眼而已，畢竟是這個時期了，多一事不如省一事。

杜敬之：不會找我們麻煩吧？

周末：高主任的態度怎麼樣？

杜敬之：先是恭喜我考得不錯，然後告訴我別怕。

周末：那就沒事，放心吧，真出事了高主任保證幫我們頂著，他那句別怕，就是給我們底氣了。

杜敬之：第一次在學校體驗到了有後臺的感覺。

周末：第一次？之前我不是你的後臺嗎？

杜敬之：好吧，我錯了。

傳完訊息，杜敬之就在班級裡趴在筆記本上笑出聲來。

周圍的人都知道杜敬之今天出成績，而且考得不錯，也就沒怎麼在意杜敬之這種狀態，有為他覺得高興的，有羡慕嫉妒恨的。

周蘭玥在這個時候回頭問杜敬之：「杜哥，是不是可以提前恭喜你考上華大了？」

「別這麼篤定，說不定高考的時候失常了呢？」

周蘭玥也知道這是一句客套話，於是突然裝出小可愛的模樣，然後說：「東北人民發來賀電，祝賀杜哥取得好成績！」

101

三中在省重點高中裡面算是仁慈的，高一跟高二的時候還能感受一下青春，有一點假期，讓你體驗到自由、生活、嚮往、人生。

高三……

睜開眼睛就得洗漱、吃早飯，從早自習開始，就有老師吵著架爭地盤，晚自習持續到九點半，十點熄燈，不過學生們通常還會在走廊裡奮鬥到凌晨。

然後每週六休息三小時，還有的休息時間就是下課十分鐘，去廁所都得小跑步去小跑步回。四月末的一個週六，學校終於擠牙膏一樣地宣佈，放一天假，周日晚上回學校去上晚自習。要知道，上個月的這個假期被學校殘忍地剝削了，學生們已經不抱有希望了。

杜敬之險些喜極而泣，拿出手機來，剛要給周末傳訊息，周末就已經傳來了消息：想去吃點什麼嗎？

周末簡直太瞭解他了！

因為放假實在太突然了，杜媽媽處於出差狀態，周家父母也在外地談生意，兩個人乾脆放飛自我，準備去吃吃到飽，然後看電影，最後去別墅睡一個懶覺。周日那天拖延到快上晚自習了，再來學校上晚自習。

為了節省時間，兩個人連校服都沒換。

杜敬之把校服的褲腿捲起來，露出半截纖細白皙的小腿，外套系在腰上，上身則是一件簡簡單單的紅色T恤。周末一直都是規規矩矩的樣子，頂多是拉開了校服的拉鍊，一是因為怕冷，二是為了節省時間。

在學校裡奮鬥了幾個月的時間，兩個人的頭髮再次長了許多，只有鬍子刮得比較勤快。

杜敬之的頭髮原本已經可紮辮子了，在回學校前剪短了，現在再次毛茸茸地搭在了耳朵上額頭前，髮絲還帶著點自然的彎曲，顯得特別隨意。周末也是同樣，外加髮量多，看起來更乖了。

兩個人先去了周末家裡把車開了出來，想著這樣出去也方便點，結果到了商場停車就停了將近十分鐘，還是找到了收費停車場才有位置。

在吃到飽的時候，杜敬之總覺得有人偷看他，結果後面得到了證實，真的有幾個女生突然跑到了杜敬之身邊問：「你是杜敬之嗎？」

杜敬之還沒有自己紅了的意識，倒是總覺得自己被人搭話，是有人來找碴，於是打量了她們一眼問：「嗯，妳們是……」

「真的是敬兒！我是你粉絲！」

杜敬之這才反應過來，有點不好意思地笑了笑。

然後，這些人就鬧著要跟杜敬之合影，杜敬之也都答應了。這個時候，周末走了過來，只是站在一邊看著，結果居然也因為穿著同樣的校服被認出來了，被問及：「他是畫外音小哥嗎？」

杜敬之遲疑了一下，還沒回答，周末先微笑著應了：「嗯。」

然後就聽到幾個女生嘰嘰喳喳的尖叫聲，一個勁誇讚周末好帥，最後還把周末拉過來一塊合影。

周末本來就是一個很有耐心的老好人，自然不會反對。

合完影，才有一個女生開口：「恕我直言，橋斂之這個名字是真的很難聽。」

周末聽完就笑了起來，有點慚愧地說：「抱歉，起名廢……」

「不用道歉！真的！長得帥就好了！」

「啊……兩個都好帥！」

「你們倆真的是一對嗎？」

「這麼帥之前為什麼不露臉？」

周末被這種連環炮似的問題問得有點無所適從，不過對待這些粉絲要比杜敬之自然多了，只是溫柔地笑了笑：「因為年紀還小，不方便公開，所以還希望各位漂亮的小姊姊幫忙保密。」

周末一笑，就有一個小姊姊臉通紅，一下子撲到了另外一個女生的懷裡，嘟囔了一句：「完蛋了，老夫的少女心要融化了。」

杜敬之看了看這群女生，又看了看從容的周末，總覺得最開始就應該是周末露臉，就這傢伙這種架勢，肯定比他紅啊！

離開了餐廳，杜敬之還在嘟囔：「你就這麼露臉了，會不會有問題啊？」

「無所謂，我們都算是半公開了，不怕。」周末揉了揉杜敬之的頭髮，然後突然想起了什麼，拉著杜敬之到了一個飾品店，拿了一個蝴蝶結的髮夾，就掀起了杜敬之的瀏海，給杜敬之別上了。

杜敬之面無表情地看著周末，警告道：「三秒內拿下去，不然打死你。」

周末還算聽話，直接拿下去了，換了一個閃亮亮貼滿了鑽石的小王冠再次試戴了一下。

杜敬之直接踩住了周末的腳面，再次威脅：「你交的是男朋友，不是女朋友。」

「小鏡子特別可愛。」

杜敬之覺得自己拿周末特別沒轍，最後還是任由周末胡鬧，買了一個並排三隻棕色小熊的髮夾，並且就戴在了他的頭頂，露出飽滿的額頭來。

周末似乎特別滿意，還拉著杜敬之到了商場的鏡子前，對著鏡子拍了幾張相片。

兩個人拍照的時候，還有路人感歎了一句：「那個紅衣服的學生好可愛啊！」

杜敬之立即鬧了一個大紅臉。

結果周末還沒滿足，拉著杜敬之去照大頭貼，因為懶得選擇，就用了隨機的樣式，進去之後兩個人看著鏡頭都有點不適應，不過很快就開始做鬼臉，特別同步。

最後兩張，一張靠在一起微笑，一張是周末攬著杜敬之的脖子接吻。

結果出來才發現還得壓膜，杜敬之簡直沒臉看，直接跑出店外買了一杯冷飲，回來的時候就看到周末居然把最後兩張還擴大了兩張，分別印了兩張，他都不敢直視店裡工作人員。

周末把相片放進了書包裡，然後走到了杜敬之面前，也沒有問，直接低下頭喝了一口杜敬之喝了一半的冷飲，用的是同一根吸管，模樣親密非常，跟正常的戀人沒有什麼區別。

嗯……本來就是戀人。

然後，兩個人在附近店員的圍觀下離開了。

到了私人影院，兩個人選了一會，最後選了兩個電影。

杜敬之又買了一堆爆米花跟飲料，打算自在地看會電影。進去之後，周末就指了指後面的沙發床，說：「我們躺著看吧。」

「哦。」

杜敬之到了沙發床上，擺好抱枕後靠著坐好，手裡捧著爆米花，看著開場序幕。周末坐在了他身邊，伸出手來摸了摸杜敬之的後腰，不急不緩地把手伸進了衣服裡，然後側過頭來，親吻杜敬之的臉頰、脖頸。

杜敬之還以為周末也就調戲幾下，並未在意，直到周末側過身來，把另外一隻手伸進他的校服褲子裡，才意識到有些不對勁。

「你能不能老實點？」杜敬之按住了周末的手問。

「不能，已經硬了。」

「……」

爆米花撒了一沙發。

飲料從頭到尾沒怎麼喝過。

杜敬之第一次在電影院裡餵別人吃棒棒糖，也是第一次在這種場合撫摸巧克力夾心，兩個人的加一塊，身上帶的紙巾都不夠用，最後弄得有點狼狽，杜敬之狠狠地瞪了周末半天，然後湊到周末身邊罵了一句：「色腿。」

周末一點也不在意，還指了指自己的嘴：「小鏡子好好吃啊。」

被吃的杜敬之一瞬間紅了一整張臉，想起被周末親吻、輕舔、吸吮，舒服得直哼的樣子，就忍不住再次羞澀起來。

周末這才不逗他了，只是靠著抱枕問：「電影之前講的是什麼？」

「再問打死你。」

「我發現跟你在一起總有生命危險。」

「那是你總做讓人想打你的事情。」

「你明明很舒服，聲音特別好聽。」

「……」果然應該打死這傢伙！

回到家裡，已經到了十一點鐘了。

在周末洗澡的時候，杜敬之打開筆記型電腦，看了一眼自己的微博。

當人氣起來之後，粉絲的數量就會直線上升，在微博初期杜敬之已經有了三十七萬粉絲。對於他這種不炒作，沒有運作團隊的純個人來說，已經十分不錯了。

網友之間也會互相「安利」，推薦自己的偶像，加之他的微博經常被轉載，每天都會增加新的粉絲，那些娛樂大V還會時不時發一些他的微博。現在，他也算是一個小網紅了。

看了一會微博，就看到了一些其他的標註。

被轉比較多的就是在自助餐店跟那幾個女生合影的微博。

太舒：在自助餐店裡偶遇@杜敬之，居然還看到了畫外音小哥，真的好帥！而且個子很高，明明很溫柔，卻很攻的樣子。【原諒我答應了保密，只能給畫外音小哥打馬賽克了】有幸看到了兩個人吃飯時真實的樣子，真的好有愛，畫外音小哥真的好寵敬兒啊，敬兒怎麼做到吃飯都這麼可愛的？

然後配了六張圖，三張是他們的合影，三張是她們在遠處偷拍兩個人吃飯樣子的相片，每張相片都很體貼地給周末打了馬賽克，旁邊還配了顏文字，看起來特別可愛。

杜敬之遲疑了一下，還是給這組相片點了讚。

周末走出浴室，走到了杜敬之身後，直接癱瘓了一樣，把下巴搭在了杜敬之的頭頂去看電腦螢幕，問了一句：「都這麼多粉絲了啊。」

「你都有五萬粉絲了。」

「哇哦。」

「行了，我要去洗澡了，你要是睏了就先睡吧。」

結果杜敬之出來的時候，發現周末並沒有睡，穿著浴袍坐在床邊，鼓搗著什麼。

「你弄什麼呢？」杜敬之走過來，一邊擦頭髮一邊問。

「在做小發明。」

杜敬之也算看清楚了，當即笑了起來，取笑道：「你拿個浣腸劑做什麼發明呢？」

「浣腸劑被我倒掉了，現在裡面是潤滑液，這是我能想到的最棒的方法了。」

杜敬之原本還在笑，想明白這玩意要幹什麼用了，笑容一點點收了回去。

室內安靜了許久，尷尬得要命，這個時候杜敬之才有點僵硬地問：「你弄這玩意幹屁啊？扔了！」

「就是幹屁用的。」周末還在擺弄，然後杜敬之就發現，周末已經弄了五六個潤滑液了，在床頭櫃上放了一排，「我怕弄疼你，還準備了消毒水，還有雲南白藥，還有止痛藥，這個是藥膏。」

「……」杜敬之看了想打架。

周末意識到這樣似乎挺沒情趣的，於是立即把東西收到櫃子裡，說：「沒事，不著急，等高考結束之後再來也沒事，我就是擺弄擺弄。」

杜敬之站在一邊看著，繼續擦頭髮，思考著他們倆在一塊也有一年多了，確實挺久了，於是走過去，站在周末身邊，看著這些東西，隨便拿起來一樣看了看，然後說：「要不試試看吧。」

「呃……」周末收拾東西的動作一頓。

「不願意？」杜敬之扭頭看向周末問。

杜敬之剛剛洗完澡，還穿著浴袍，頭髮依舊是潮濕的，搭在額前，坦然地看著周末，手裡還拿著一個改裝的潤滑液。

周末重重地吞咽了一口唾沫，然後就看到杜敬之狡黠地笑了起來，漂亮的臉帶著點壞壞的味道，像一隻壞心眼的貓。

然後，伸出手來，把杜敬之抱進了懷裡。

周末依舊坐在床邊，杜敬之站在他面前，抬手輕輕摸了摸周末的髮絲，然後把周末也抱在懷裡，周末把頭靠在他胸口。

他低下頭，在周末頭頂說了一句：「裡面什麼都沒穿。」

原本周末還有點猶豫，現在，則是再也不肯忍耐了。

周末扯開杜敬之身上的浴袍，在他的鎖骨上落下一個吻，與此同時，杜敬之推著周末的肩膀，讓周末仰面躺在床上，然後直接騎坐在周末的身上，雙手支撐在周末的頭邊，低聲說道：「這樣吧，我們講個條件，你哭給我看，我就讓你上，怎麼樣？」

「哭？」周末疑惑地問。

「沒錯。」杜敬之伸手從枕頭邊取來手機，熟練地從手機裡翻找出一張相片來，亮給周末看，「就是這麼哭，每次看到這張相片，我都興奮得不得了。」

周末似乎想拿走手機，把相片刪除，結果杜敬之並不在意：「刪吧，我在好幾個地方都做了備份。」

周末這才無奈地歎了一口氣，把手機丟在一邊，然後握住了杜敬之的一隻手臂，翻過身來，把杜敬之壓在下面，俯下身，在杜敬之的耳邊說：「你很囂張啊，我們試試最後是誰會哭，好不好？」

看到周末那種帶著危險氣息的眼神之後杜敬之就有點後悔了，他吞咽了一口唾沫，剛準備說點什麼，就被周末吻住了，在他張開嘴的瞬間，順勢將舌頭伸進來，在他口中攪拌著。

兩個人都剛剛洗漱完，用的是同樣口味的牙膏，兩個人口中的味道是一樣的，舌尖有點涼，卻帶著甘甜的味道。

他抬起手來，一隻手抱著周末的肩膀，一隻手按在周末的後腦勺，手指伸進髮絲之中，感受著屬於周末的體溫。

周末的手已經解開了浴袍的帶子，用手去摸杜敬之的胸膛，雪白的肌膚在那隻手觸碰過之後泛出了些許粉紅來，就像櫻花一般的顏色，帶著誘人的清香，引得周末停止了這個吻，然後去親吻那細膩的皮膚。

有些瘦弱的胸膛毫無遮掩地展現在周末眼前，他用手指揉搓了一下粉色的紅櫻，那裡立即充血而立，顯得特別色情。

吻從脖頸到了紅櫻處，周末用舌尖舔了一下，然後就看到那小東西居然還對著自己雄赳赳氣昂昂的挺立，忍不住用舌頭在它周圍轉了一圈，接著含在嘴裡，輕輕吸吮的同時，還在用舌尖一下一下地舔弄著。

周末的雙手捧著杜敬之的腰，讓微微挺起身子的杜敬之能夠舒服一些。

好癢啊……杜敬之咬著下唇，微微低下頭，就看到周末也在抬眼看著他，溫熱的氣息噴吐在他的胸口。他立即伸出手來，把自己的手蓋在周末的眼睛上，不想讓周末看到自己現在這副意亂情迷的樣子。

周末以退為進，鬆開敏感的兩點，然後順勢向下親吻，從肋骨到小腹，雙手順著杜敬之的大腿輕輕撫摸，然後撐著他的兩條腿，讓兩條腿張開，棕色的毛跟已經挺立的棒棒糖都呈現在他面前。

杜敬之就這麼坦然地躺在周末的面前，浴袍敞開著，只是掛在手臂上，整個身體，甚至是最羞恥的地方，都能被周末看得真真切切。擋不住周末的眼睛，他乾脆抬起手擋住自己的臉，臉也盡可能地側到了枕頭下面。

還是會害羞啊。

「需要把燈關了嗎？」周末算是體貼地問。

「嗯。」杜敬之回答的時候，聲音都在顫。

周末探過身，在關燈的同時，已經拿了一個潤滑液在手裡，跪坐在杜敬之身前，在指尖上塗抹了一些後，手指在褶皺處點了點，杜敬之的身體立即一顫。周末見他沒有反抗，這才將潤滑液的小口推進杜敬之的裡面，擠出潤滑液來。

潤滑液部分留在了他的裡面，還有一些順勢流了出來，周末把那個扔掉，然後扶著自己的小末末，在杜敬之的褶皺處蹭了蹭，頂端蹭到了一些潤滑液，然後取出套套來戴上。

杜敬之突然就打了退堂鼓，翻了一個身就要爬下床，結果被周末一下子攬住腰又抱了回來，扯掉浴袍，直接匍匐到杜敬之的背上，低下頭親吻杜敬之的後脖頸，同時抱住杜敬之的身體，進行安撫。

杜敬之的姿勢，正屬於要爬走的狀態，雙手支撐在床上，腿是半跪著的。周末正好跪在了他身後，讓杜敬之的腿再分開一些，他方便把自己的小末末放在褶皺邊上，一隻手還在攬著杜敬之的腰。

「這麼進去的話，是不是顯得我特別真誠？」周末跪在杜敬之的身後，用帶著迷離的聲音問。

「再廢話打死你……」

「我輕點，我們試試好不好？」

「你為什麼總喜歡問？」

聽到杜敬之這麼說，周末立即忍不住笑了起來，然後直起身子，一隻手扶著杜敬之的腰，一隻手扶著小末末，一點一點地送進去。

裡面很熱，熱得燙人。

裡面還很窄，有潤滑液也不好進入。

杜敬之的身體被頂得直接塌下去，只能用手肘撐著身體，同時悶哼了一聲。

周末被杜敬之夾得很疼，立即拍了拍杜敬之的屁股：「寶寶乖，別夾，放輕鬆……」

「我不……」杜敬之一個勁地搖頭，明顯十分不舒服，甚至有讓周末立即拔出去的想法。

周末只能乖乖閉嘴，然後一隻手幫杜敬之提著腰，一隻手握住了小之之，食指在小之之的頂端點了點，然後來回套弄。

杜敬之的雙眼緊閉，臉埋進枕頭裡，眼角還掛著眼淚，不是想哭，真是身體的自然反應，眼淚就這麼不由自主地出來了。

小之之的舒服讓杜敬之喘起粗氣來，周末在這個時候俯下身，一個炙熱的吻，落在他的後背。與此同時，毫無預警地又送進去了許多，弄得杜敬之直接弓著身子，再次悶哼出聲。

這次的聲音幾乎是毫無遮掩，聽著慘兮兮的，偏偏刺激到了周末，小末末居然又脹大了些許。

第一次進入杜敬之的身體，周末就覺得像做夢一樣。

一直想要的人，終於跟他成為了戀人，現在還能進入戀人的身體，聽到戀人快速喘息的聲音，讓周末興奮異常，呼吸也跟著亂了節拍。明明之前還能忍得住，現在就亂了章法，再難忍耐，試著動了幾下。

杜敬之的身體晃了晃，卻沒掙扎，這就跟鼓勵了周末似的，讓他勻速動了起來，隨著動作，進入得越來越深，兩個人的身體緊緊貼合著。

杜敬之一直承受著，再難忍耐地輕哼，然後感受到周末已經吻到了他的耳邊，低啞著聲音說道：

「我的……小鏡子……」

聲音傳入杜敬之的耳朵，就好像聽覺也被周末色情地對待著。

那裡的痛感似乎讓他覺得麻木了，小之之也滿足到近乎發脹，脹得有點疼，耳邊是周末越來越亂的呼吸聲，兩個人的身體一齊動著。

他突然想哭，不知道為什麼，甚至沒有理由。

暗戀成真？

兩個人在一起不容易？

這一年裡，太過努力，累了，卻意外地完成了夢想？

說不清楚。

輕輕的喘息聲，伴著哽咽的聲音，故意壓抑著，就好似被馴服了的貓，一直被周末不算溫柔地碾壓著，然後被吻住了唇。周末似乎有點急了，沒有了溫柔的模樣，他被吻得喘不上氣來，口中發出低低的聲音，就好似在撒嬌。

周末立即停止了這個吻，輕聲問：「想說什麼？」

「打……嗯、嗯……打死你……」

周末聽完居然笑場了。

並沒有回答，而是握住小之之的手突然停了下來，再次問：「你還乖不乖？」

「操！」

「操著呢。」

「……哼……嗯，哥。」

「沒聽清。」

「圓規哥哥，哥，哥，嗯啊……床單……」再次被周末握住，杜敬之就有些忍不住了，這個時候居然還有心情擔心床單。

不是第一次被杜敬之叫哥了，這次周末特別開心，已經笑出聲來，然後就被杜敬之射了一手。

天知道，那一聲笑得有多酥，弄得杜敬之身體都麻了。

射了之後，杜敬之就癱軟了，腰也垂了下去，卻被周末一直提著，比之前更加粗暴地對待著，杜敬之被弄得哼唧的聲音更大了，嘴裡含糊不清地說著：「哥……輕……嗯啊，哼……腰……哥，腰，我的腰……嗯嗯……打死你……打死……得了……」

周末忍不住了，甚至腦袋都有點迷糊，聽到杜敬之的聲音就興奮，控制不住似的動著，想著真被杜敬之打死都值了。

值了，什麼都值了。

特別值。

怎麼會有這麼舒服的事情？

杜敬之怎麼會這麼可愛？

即將釋放的時候，周末頂得杜敬之身體猛地向前，差點撞到床頭的時候，周末用手擋住了杜敬之的頭。

杜敬之甚至能夠感受到周末的那億萬子孫射進了自己的身體裡，洶湧澎湃。還沒回過神，就又被周末吻住了，濃烈的吻，帶著還沒來得及收斂的情欲。

杜敬之姿勢彆扭地被吻著，整個人都快虛脫了，特別乖順。

屋子裡環繞著栗子花的味道，周圍似乎都是潮濕的，只有這個吻是真實的。杜敬之原本覺得飄忽的身體，終於歸到了原位。

被周末虐待過的地方，還有點脹，還有些疼，但是沒有想像中那麼糟糕。

這個時候的杜敬之終於意識到，周末不會家暴他，根本捨不得，但是捨得不要命似的操他。

狠狠地。

真的，該打死了。

杜敬之沒力氣了。

雖然他也沒做什麼，反正就是有點虛脫了。他覺得，應該是剛才身體太緊繃了，一直處於緊張的狀態，終於放鬆了下來才會這樣。

周末又親了他一陣，就去浴室裡放水，接著收拾床單了，估計是不捨得再來一次，怕杜敬之覺得疼。抱著杜敬之去洗乾淨，出來之後又取出藥膏來，結果杜敬之伸出手來：「我自己塗。」

「反正都已經……」

「我已經說了，我自己塗。」

「我幫你看看腫沒腫，或者有沒有出血。」

杜敬之猶豫了好一會，才轉過身去，把屁股亮給了周末。周末蹲在他旁邊研究了一會，才說道：「沒什麼問題，我給你塗點藥膏，睡一覺明天應該就沒事了。」

第一次被人研究這個地方，杜敬之羞恥得簡直想鑽進枕頭縫裡。

杜敬之躲在被子裡含糊地應了一聲，想要伸手拿睡衣，卻被周末按住了：「就這麼睡吧。」

他懶得管了，把被子蓋在了頭上，就準備睡覺了。

周末收拾妥當之後，爬上了床躺在了杜敬之的身後，然後伸出手來，一下一下地幫杜敬之捏腰，估計是記得杜敬之抱怨過腰疼。

他沒怎麼理，沒一會就睡著了。

早上醒來的時候，周末還在睡，且睡得特別香，他整個人都躺在周末的懷裡。他沒理會這隻死豬，到了洗手間裡，二十分鐘之後出來，一個飛腳把周末踢下床去。

周末從地面上爬起來，一臉疑惑，然後看向杜敬之，問：「怎麼了？」

杜敬之氣得臉通紅，什麼也不說，就是特別凶地說了一句：「我餓了！」

「哦……你想吃什麼？」

「粥。」

周末爬起來的時候還在疑惑，然後就問：「你剛才上廁所了？」

「哼。」杜敬之冷哼了一聲，然後側身躺在了床上，繼續生悶氣。

「其實你可以用點浣腸劑。」

「你廢話怎麼那麼多，就應該打死你！」

「我還得給你做早飯呢。」

「那就吃完早飯就打死你！」

「學校還指望我考個狀元呢。」

「那就高考完就打死你！」

「我得跟你一塊上大學啊，不然你這段時間不就白努力了？」

「那就上完大學打死你。」

「被打死了以後，小鏡子會想我嗎？」

「沒空，忙著蹲監獄呢。」

周末低下頭，柔和地笑了起來，走到杜敬之的身邊，在他的額頭落了一個吻：「委屈你啦，昨天特別美好。」

「美好個屁，我想打死你。」杜敬之依舊是兇神惡煞的模樣，凶巴巴地說道。

「小鏡子特別可愛。」

「滾！」

周末再次湊過去，在杜敬之的嘴唇上啄了一下，再次開口：「我特別特別愛小鏡子。」

「你怎麼這麼多話？」

「因為喜歡小鏡子。」

杜敬之終於有點破功，擺了擺手，說：「算了算了，殺人犯法，哥饒了你了。」

「所以以後還讓我幹屁嗎？」

「……」杜敬之直接撲過去，掐住了周末的脖子，三天不打上房揭瓦！

兩個人鬧了一會，周末才去做了早餐，兩個人又在別墅裡都處於放空狀態待到了傍晚才回到學校，認真地上晚課，一刻也不肯鬆懈。

緊張忙碌的時間總是過得特別快，好像沒經歷過什麼，還有好多書沒有看，還沒徹底準備好，就過去了這最後一段時間。

高三的記憶，就是成堆的書堆滿了課桌，腳邊都是書，總覺得每本都會看，捨不得捨棄，其實放在那裡，還真就不一定會臨幸。總是有答不完的考卷，抓不完的重點，老師的嘴裡都是大道理，說著雞湯，做著鼓勵。

高考呢，其實真去了，就跟平時考試一樣，只是換了一張卷子。

考試時需要用的東西反復確認了幾次，還特意剪了頭髮，修剪了指甲，換上了舒服的衣裳。

杜敬之的考場跟周末的考場並不近，兩個人只在進場的時候互相鼓勵了一下，再沒有什麼寒暄。

考完一科，就忘記這一科，只想著之後要考的。

需要考的越來越少，肩上的負擔就越來越輕了，最後一科考完，杜敬之看著考場，突然心中一陣悵然。

他的高中生活……就這樣結束了？

之前一直期盼著，趕緊結束吧，結束就解脫了。現在真的結束了，居然還有點感傷。人就是這麼奇怪。

他們都說杜敬之可以放輕鬆了，專業分那麼高，一般科目考到四百分以上就可以被錄取。但是杜敬之沒敢掉以輕心，每一科都會認真對待。走出考場之後，就看到杜媽媽等候在門外，這是他最在意的人了。

跟杜媽媽站在一塊的還有周家父母，剛走過去，杜敬之立即問：「周末還沒出來？」

「被老師帶去對答案算分去了。」周媽媽回答。

「哦……學校還指望他拿個狀元呢，壓力很大的。」

「能考得好就行，狀元不狀元的不重要。」周媽媽依舊在緊張，不過還是笑了笑，「周末說他發揮得挺不錯的，讓我放心，我還是有點忐忑呢，唉，當個家長真不容易。」

他們已經到了餐廳，點完菜，準備開吃了，周末才走了進來，裡面的人幾乎是異口同聲地問：「怎麼樣？」

周末被他們的默契嚇了一跳，不過還是笑了笑：「肯定能七百分以上，放心吧。」走進來之後，到了杜敬之身邊，問：「你覺得怎麼樣？」

「我沒仔細算，答案給我看看。」

周末立即從包裡拿出幾張卷子來遞給了杜敬之，上面還有答案，他粗略地看了看，然後用筆標注，遞給了周末算分。一屋子的人都沒動筷子，等待他們兩個人算完。

「有些忘記了，還有些答案不確定能給我多少分，但是四百八十分是肯定有。」杜敬之算完之後給出了答案。

「挺好了。」杜媽媽第一個開口，然後督促杜敬之把卷子收起來，不想這些了，好好放鬆一下，安心吃飯。

明明之前還直勾勾地看著他們算分呢。

吃飯的時候，他們就聊了起來，說讓杜敬之跟周末去旅遊的事情。

「我們都商量了一下，打算贊助你們出國旅遊，你們辦理好護照，然後自己去就行。」周媽媽第一個開口。

「不用。」周末一邊吃飯，一邊回答，「我們約好了，跟朋友一塊國內玩，不會太揮霍，自駕遊。」

「你開車？」周爸爸問。

「嗯，到了當地租一輛車，路線我們會自己規劃好。」

「嘖，主意可真多！」

「我們倆都成年了，你們就不用管了，還出國旅遊，像度蜜月似的。」

周末這麼說完，屋子裡的幾個家長面面相覷，他們想表現出對他們關係的接受，以及表達出自己的態度，結果人家根本不領情。

不過想想也是，周末跟杜敬之已經完全坦然了，他們表達不表達也無所謂。

一塊旅遊的人，當然還是老樣子的那些人，兩個女生，五個男生，熱熱鬧鬧地規劃，然後開始了自駕遊之旅。

杜敬之旅遊的時候依舊是那副模樣，不帶腦子，不帶錢，周末說去哪裡，他就去哪裡，然後跟著玩，跟著拍照。偶爾心情好了，就拿出速寫本來，畫一幅風景速寫。

高考分數下來的那天他們還在雲南，一群人聚在一個房間裡，拿著三台筆記型電腦一個勁刷新，先是查了他們的分數，然後再去研究均標。

周末的總分是七百一十三分，分數查出來之後一群人集體朝著周末膜拜。

杜敬之的總分是五百四十八分，發揮得還算不錯，反正這個分數已經能讓杜敬之鬆一口氣了，仰面躺在床上就不願意起來了，一下子就踏實了不少，至少不用每天晚上做夢都是查分數了。

其他幾個人考得也都還不錯，程樞總分也到了七百零一分，查完分之後特別沒形象地擺了一個造型，結果沒人搭理他。

一群人研究到淩晨，才算是散了各自回房間睡覺。

杜敬之跟周末躺在床上，周末立即抱住了杜敬之，在杜敬之的額頭上印了一個吻，然後說：「小鏡子真棒。」

杜敬之也回應了一下，在周末的嘴唇上親了一下：「圓規哥哥真棒。」

然後兩個人相擁在一起，特別純潔，好像只有這種緊實的擁抱才能夠讓他們確定這一切都是真的，他們真的做到了。

「要不要給家裡打電話？」杜敬之問。

「估計他們已經查了分數了。」

「哦……」

「到大學之後，我們租房子住一起吧。」

「好。」

「養隻寵物吧，養隻貓？」

「好。」

第二天上午，周末就收到了通知，他成了毫無懸念的理科狀元，三中的學生發揮得不錯，這一屆學生百分之八十三超過了均標，剩下的都沒差多少分，畢竟這其中還包括了藝術生。

然後就是各種親屬們的電話以及問候，導致他們的行程直接被耽誤了一天。

他們也沒玩太久，回家之後，杜敬之發現杜姥姥特別忙碌，原來是杜姥姥這裡終於要搬遷了，且方案已經確定了。搬遷全額補償，杜姥姥兩棟房子加一個門市，一共可以得到四千一百五十萬，畢竟不是一線城市，已經比預想的多了一些。

回遷房在二環邊上的一處不算發達的郊區，位置不算好，但是這些搬遷戶買房子還有優惠。買房子的條件就是需要按戶口來，如果一家人祖孫三代只有一個戶口，那就只能買一套房子。

杜姥姥這邊，杜姥姥跟杜姥爺一個戶口，舅舅自立門戶後，也是單獨的戶口，還有杜媽媽因為離婚也順便弄了一個單獨的戶口，一下子就可以買三棟房子。

杜姥姥根本沒有猶豫，一下子就買了三棟將近兩百坪的房子，畢竟過了這村就沒有這店了。杜敬之沒參與這些事，只是偶爾聽他們說說而已，並沒有要什麼東西，結果一不留神，名下就又多了兩套房子。

高考前杜媽媽就用他的名字買了一棟房子了，現在名下又多了一棟房子。杜媽媽還不會投資什麼的，拿了錢就又買了一棟別墅，也寫在了杜敬之名下，那模樣就跟周家比著來似的，生怕杜敬之像抱大腿，還督促杜敬之趕緊去學車，也想給杜敬之買輛車。

這期間，杜敬之之前的二嬸居然來了家裡一趟，也就是杜衛家弟弟的媳婦。

杜媽媽對杜衛家那邊人都有點排斥，尤其是她家裡剛搬遷，她剛買完房子，這邊就來了人，不免態度很差。結果很快就聽出來了，二嬸來的意思並不是杜媽媽想的那樣。

「我想問問妳，當初是怎麼離婚成功的，我也想離婚。」二嬸說完，就直接哭了起來。

當時杜敬之坐在房間裡，門沒關，就從二嬸斷斷續續的敘述當中知道了關於杜衛家現在的情況。

杜奶奶後來身體又好了，不過跳不了廣場舞了，整天只能在家裡唉聲歎氣的，心情不好，脾氣就更不好了。出了醫院，杜姥姥就去二叔家住了，對二嬸來說，簡直就是最後的防線也坍塌了。

二叔家的情況差不多也是女的賺錢，男的無所事事，在家裡帶孩子。二叔也好賭，這哥倆簡直如出一轍，平時就帶著孩子去麻將室，一待就是一天，那裡都是些什麼人可想而知，把堂弟教得滿口髒話，跟二叔一樣渾蛋。

二嬸本來已經有些受不了了，結果杜奶奶一來就更完蛋了。

然後這些日子就更過分了，杜奶奶總說自己的身體不行了，這病了那病了的，跟二嬸要錢花，後期乾脆跟二嬸娘家借錢花。前前後後借了五十萬多了，估計是還不上了，還把二嬸娘家存的養老錢借得差不多了。

這回，二嬸娘家也不再勸二嬸為了孩子別離婚了，而是希望兩個人趕緊離。

杜媽媽有點疑惑：「杜衛家賣房子不是還剩了幾十萬嗎？」

「他還了錢之後，也沒買房子，跟麻將室一個女的在一起了，兩個人一個月的花銷就有幾萬了，如今女的懷孕了，杜衛家就直接把錢給那個女的了，說是當聘金了，以後住在女方家裡。」二嬸說到這裡，突然陰狠地笑了起來，「孩子是不是杜衛家的都不知道，那個女的跟麻將室裡五六個老爺們都睡過，就杜衛家肯要她！」

這情況就很讓人唏噓了。

不過杜媽媽還留了個心眼，沒說當初她用的法子，怕杜衛家知道了之後報復，只是一個勁地勸二嬸，這個婚必須離，不然後半輩子都是災難，態度強硬一點。

二嬸離開之後，杜媽媽還魂不守舍了一陣子，也不知道是同情二嬸，還是失望於杜衛家這麼快就找了其他女人。

杜敬之沒問，只當自己什麼都不知道，晚上吃晚飯的時候，杜媽媽就恢復正常了。

這段時間，杜敬之就開始了接約稿畫畫的生涯。

他的畫現在價錢基本固定，約稿的人還是特別多，加之他的速度已經慢慢上來了，兩三天就可以完成一幅畫，還能有空摸個魚，繼續畫《山海經》的異獸擬人圖。

沒多久，他就開始心思活絡，想著粉絲們說的畫集的事情。

他想出本畫集，查了很多資料，又在網上買了不少別人的畫集，研究了好久，最後確定了下來。只希望在這期間多畫幾幅畫，讓畫集豐富一些，再畫一些周邊圖。

張羅畫集的時候，有人聯繫他，想購買他的《山海經》異獸擬人圖做手遊的原畫，給的價錢並不高，全部圖給五十萬元。

當時的手遊行業還算是一個新出來的東西，這個人不來跟他約稿，他自己都不知道還有這個行業。想要購買他的圖的團隊特別年輕，想要做一個山海經卡牌類遊戲，十分想要買他的擬人圖創意，只是特別窮。

五十萬稿費還要分期，大部分需要遊戲上線盈利之後才能付給杜敬之。杜敬之不想接，覺得這群人特別不靠譜，後期稿費都不一定能到位，這個工作室黃了怎麼辦？

不過周末特意研究了幾天的時間，後期決定，可以賣給他們，五十萬元的稿費也可以，還可以補幾張圖，只需要簽訂一份合約。合約中標明如果手遊夭折，圖片的版權立即收回，並且定金不退。

還有就是，手遊上市之後，杜敬之要是遊戲的原畫師，需要掛名，且要給他後期分紅。

「能靠譜嗎？」杜敬之皺著眉頭看著面前的合約問，他總覺得這個手遊團隊就是一個坑。

「你也沒什麼太大損失，而且，手遊行業真的說不定會起來，到時候流水分紅多了，你就發財了。」

「你確定？」

「嗯，我這個人沒什麼太大的優點，就是眼光還不錯。」

「嗯，讓我註冊微博這點，你的選擇是對的。」

「選男朋友的眼光也不錯，我男朋友特別厲害。」

杜敬之被周末誇得心裡舒服了一些，然後又繼續看合同，終於同意簽約。

杜敬之成了網紅，有點紅人效應，至少畫集剛問世就銷售一空，只能緊急加印，最後按照分成，杜敬之在去大學前就一下子賺了兩百多萬，數字閃瞎杜敬之的眼。

工作室那邊還告訴他，畫集依舊在賣，而且賣得非常不錯，已經又加印了五千冊，他又拿出了計算機，開始計算最後的收入。

打開微博，還是鋪天蓋地的恭喜。

最新一條微博還是杜敬之發佈的錄取通知書的照片，不只他的，還有周末的，以及兩個人分數的截圖。

似乎周末的分數特別容易暴露周末的身份，原本只是想貼一個分數，然後就被網友扒出來周末是本省的高考狀元。還有就是，高考狀元會有採訪，各大網站還放著周末的相片，帥氣的模樣，淡定從容，眉眼俊朗得彷彿雜誌裡走出來的少年，立即被微博瘋轉。

高考本來就是被人關注的熱門話題，帥氣的高考狀元更是吸引人，導致周末一下子就跟高考作文一樣受到關注，微博粉絲一下子飛速提高。

杜敬之：粉絲四十八萬。

橋斂之：粉絲三十九萬。

杜敬之看著粉絲數，心裡有一瞬間不平衡：「我各種畫畫更新微博，這麼努力地經營，結果也敵不過你微博裡只發了幾張風景照的魅力？」

周末就坐在杜敬之身邊，翻看著微博，然後說道：「那就更新個自拍好了。」

說著，就打開微博，用「橋斂之」這個微博，發佈了一條微博，內容特別簡單。

橋斂之：@杜敬之【圖片】

圖片是兩個人的合影。

發完之後，杜敬之就覺得自己的微博也跟著要炸了，不少土撥鼠出洞，在兩個人的微博裡尖叫，短短一個小時轉發就過萬了。

他看著評論，一陣緊張。

Christine：啊啊啊，終於露臉了！好帥！好相配。

羽生結弦女友：都好帥！畫外音小哥又帥又是學霸，怎麼可以這麼厲害！(ノ゜口゜)ノ

你家隔壁七：是一對是不是！是不是！啊啊啊啊！

畫箬漠：昨天我想單身就好，今天我想跟他白頭到老。

爾玉：這是公開了嗎？

杜敬之看著螢幕，緊張了好半天，最後還是下定決心，轉發了微博。

杜敬之：一生摯愛//橋斂之：@杜敬之【圖片】

點開評論，瞬間炸了天。

歲沢：果然是這樣，帥哥都有男朋友了！

日光傾城：公開出櫃？好佩服敬兒跟畫外音小哥的勇氣，忍不住送來祝福，你們都非常優秀，你們不是異類。兩個人都充滿了正能量，都在為能配得上對方而努力。

非緣：之前一直在觀望，感覺杜敬之是賣腐、賣臉，結果看到了他們兩個人的優秀成績，被網友這麼扒，人設都沒崩壞，就覺得兩個人都特別真實，路轉粉，加油！

悠一老婆：(。-`ω´-)嗯嗯，終於公開了大家都知道的秘密，裝成一副剛知道的樣子，恭喜。

去大學報到後不久。

杜敬之：粉絲一百二十二萬。

橋斂之：粉絲一百零二萬。

番外

周末的追妻之路

番外一　周末的追妻之路

四歲。

周末兩隻小手扒著露臺的欄杆，直勾勾地看著對面人家往家裡搬東西。屋子裡似乎還站著一個小孩，似乎在屋子裡站在哪裡都礙事，然後走到露臺上來，一眼就看到了周末。

小孩有棕色的頭髮，頭髮有點厚重，特別柔軟的樣子，鍋蓋一樣地蓋在頭頂。明明有著一張特別秀氣的臉，卻因為表情不好而顯得凶巴巴的。

然而周末卻一直看著他，目不轉睛的。

周末從沒見過這麼可愛的小孩，是女孩子嗎？

小孩也看向周末，然後白了周末一眼，似乎是覺得周末剛才看自己的眼神太呆了，很是嫌棄。到了角落盤著腿席地而坐，雙手環胸，嘴裡嘟囔著：「是不是個傻子？」

周末愣了一會神，才意識到小孩似乎是在說自己是傻子。

「我叫周末。」周末突然說了這樣一句話，似乎是在反駁，證明自己不是傻子。

小孩又扭頭看了周末一眼，並沒有理，只是挪了挪小屁股，背對著周末。

三天後，周末在家裡見到了這個凶巴巴的小孩，是被媽媽帶來跟鄰居打招呼的。小孩的性格特別彆扭，周媽媽讓他坐下，他也不坐，就是抱著自己媽媽的腿，站在沙發邊，眼巴巴地看著別人。

周末跑過去，到了小孩的旁邊問：「你叫什麼？」

小孩沒理他，輕哼了一聲。

周媽媽被逗笑了，忍不住問：「你家孩子長得真漂亮啊，是女孩子嗎？」

誰知媽媽還沒回答，小孩自己就凶巴巴地喊了一句：「是男孩子！」

周末沒被這小獸一樣的孩子嚇到，倒是覺得他挺可愛的，抬手戳了戳他的臉問：「你叫什麼啊？」

小男孩的媽媽似乎也覺得兒子沒有禮貌，立即督促自己兒子說名字。

「杜敬之。」小男孩回答。

「鏡子？」

「嗯。」

「那我以後叫你小鏡子吧。」

「不行。」

「哦。」周末並沒有在意，只是應了一聲，然後感歎，「你真可愛。」

杜敬之立即紅了一張臉，卻還是凶巴巴地瞪著周末，強調：「我是男孩子。」

「非常非常可愛的男孩子。」

杜敬之不想理周末了。

五歲。

周末快速奔跑著，追上走在前面的杜敬之，嘴裡還叫著：「小鏡子等等我。」

「都說了不許這麼叫。」杜敬之有點煩地白了周末一眼，根本沒等周末，繼續往前走，還特意加快了速度。

之後周末還是追上了杜敬之，跟杜敬之一齊往幼稚園走，還特地探頭去看杜敬之的臉，然後開心地笑了。

「你笑什麼？」杜敬之問周末，眼神依舊不友善。

「你啊，小花貓。」說著，用手指在杜敬之的下巴上擦了一下，「都是果醬，起來晚了？」

「我媽媽非得讓我吃早飯，還要送我過來，我就跑出來了。」

「晚上來我家玩吧，我家新買了遊戲機。」

杜敬之看了周末一眼，遲疑了好一會，還是拒絕了：「不去。」

「為什麼啊？」

「討厭你。」

「為什麼討厭我啊？」

杜敬之說不出來，因為杜媽媽總在他面前誇周末，他心裡不舒服。這個原因怎麼說？最後還是悶悶地什麼也回答。

周末並沒有在意，張開嘴指了指自己的牙：「小鏡子，我開始換牙了，你看。」

「這有什麼好看的？」杜敬之還往後躲了一下。

「我媽媽都取笑我缺牙，笑的時候漏風，特別醜。」

聽周末這麼說完，杜敬之也忍不住笑了起來，然後周末再次湊過來問：「小鏡子願意跟小缺牙一起玩遊戲機嗎？」

杜敬之又思考了一會，這才回答：「那……就玩一會。」

七歲。

周末注意到，杜敬之已經盯著超市收銀臺上的棒棒糖好半天了，然後走過去問：「怎麼了？」

「上次吃的是橘子口味的，這次是吃荔枝的，還是蘋果的？」

「都買啊！」

「我……零用錢不夠。」

周末立即懂了，然後把那些棒棒糖所有的口味，都給杜敬之買了一根，特別大方地說：「我買給你吃。」

杜敬之看著周末的動作，特別心動，卻還是皺著一張小臉，毅然決然地搖頭：「不行，我不能要。」然後棒棒糖也不買了，直接走了出去，生怕自己不夠矜持，又心動了。

結果周末立即追了出來，就像一隻小跟屁蟲，特別誠懇地跟他說：「你讓我親你一下，就不算白要我的東西了。」

杜敬之當然不願意，周末就哄騙他說：「你讓我親一下，我以後一直給你買糖吃。」

杜敬之先是左右看了看，然後又看了看周末手裡的糖，遲疑了好一會，還是拒絕了：「不行。」

周末特別苦惱，拿著糖嘟囔：「怎麼辦啊……我不喜歡吃糖，還買了這麼多，小鏡子就當幫幫我的忙吧。」

「那……就當我幫你的。」杜敬之伸出手來，把糖拿走了，周末立即到了杜敬之面前，在杜敬之的臉上親了一下。

杜敬之有點不好意思，抬手用手背擦了擦臉，然後開始拆包裝紙，結果周末居然在這個時候教育起他了：「小鏡子要記得，陌生人如果給你糖的話是不能要的，除了我跟你的媽媽以外，其他人的話都不能太信。」

杜敬之沉迷於吃糖，只是含糊地應了一聲。

周末突然又湊過來，在杜敬之的嘴唇上親了一下，給杜敬之弄得一愣：「怎麼還親？」

「買了這麼多根糖，不可能只親一下啊。」

「那糖我不要了。」杜敬之有點生氣了，立即要把糖還回去，周末趕緊拒絕，還做了保證：「我不親了，糖你拿去吃吧。」

杜敬之拿著糖，然後踢了周末一腳。被踢了周末也不生氣，反而笑嘻嘻的，比吃了糖還開心。

九歲。

周媽媽買了一堆光碟回來，家裡有了播放器，杜敬之就在每天晚上跑到周末的房間裡看《灌籃高手》。看著電視裡的人物，杜敬之看得特別投入，一個勁感歎：「太帥了。」

周末在旁邊賢妻良母一樣地幫杜敬之削蘋果皮，看了杜敬之一眼，然後說：「我也打籃球……」

「你打得根本不行，你看看人家，要麼搶籃板球，要麼三分球。」

周末沒說話，繼續跟著看，時不時餵杜敬之一塊蘋果吃，杜敬之早就習以為常，也沒覺得周末照顧自己有什麼奇怪的。

看動畫片似乎會上癮，杜敬之興致勃勃地看到了十二點多，睏得直接躺在周末床上睡著了，周末湊到杜敬之身邊偷偷看了杜敬之一會。正是愛瘋愛鬧的年紀，其他的小男孩都曬黑得不像話，杜敬之依舊特別白。

白皙的皮膚細膩得如同乳酪布丁，嫩嫩滑滑的，配上逆天的捲翹睫毛，看上去更加楚楚動人。

沒錯，楚楚動人，一個凶巴巴的少年，可以用這個詞來形容，還特別貼切。

周末吹了吹杜敬之的睫毛，看到杜敬之微微蹙眉，然後側身繼續躺著，下面的臉擠出肉來，讓小臉皺巴巴的，卻異常可愛。

周末小聲笑了起來，一直盯著杜敬之看，越看越覺得可愛。

似乎懂事的孩子都很早熟，周末也想不清楚他究竟是從什麼時候開始，對杜敬之特別在意的，意識到的時候，已經無法自拔了。看到杜敬之，就算杜敬之總是凶巴巴的，他也覺得特別可愛。

心臟裡，就好像到了春天，到處開放著花朵，芬芳四溢。蜜蜂居然放棄了蜂巢，致使甜蜜的蜂蜜在周末的心裡蔓延著，甜滋滋的，黏糊糊的。看到杜敬之就會忍不住笑，想起杜敬之也會想笑，能跟杜敬之住在隔壁，跟他一塊長大，簡直太幸福了。

周末沒覺得自己這麼喜歡一個男孩子奇怪，反而十分自然。從喜歡的那天起，就沒打算放棄這個人，還在幻想著，如果他以後會打籃球，杜敬之會不會也覺得他帥呢？

十歲。

周末覺得杜敬之簡直就是一個天才，不然一個少年怎麼會畫出這麼好看的畫來？

他站在杜敬之的房間裡，看著杜敬之用絢麗的色彩畫著天馬行空的畫，震驚得好半天說不出話來。畫畫時的杜敬之特別認真，總會微笑，笑容甜美，就像一個小天使。

「小鏡子長大一定會是一個畫家。」周末毫不吝嗇自己的誇獎。

杜敬之看了周末一眼，然後笑了起來，特別燦爛，回答：「那我以後就給你畫個像，我要是開畫展了，給你掛門口，當頭牌。」

「頭牌？怎麼聽起來那麼彆扭？」

「那應該叫什麼？」

「叫壓軸巨作，或者是鎮場之寶。」

杜敬之在這個時候換了一張新的畫紙，然後拿著畫筆，在上面畫了一個小人，大腦袋，小身子，兩條長長的火柴一樣的腿：「看，這就是你。」

周末拿著畫筆，在小人旁邊畫了一個正常一點的小人，還在頭頂畫了一朵花，然後指了指說：「這個是小鏡子。」

「為什麼頭上有朵花？」

「因為小鏡子長得好看，就用這個彰顯一下。」

杜敬之撇了撇嘴，特別嫌棄，剛想數落周末，就看到周末從口袋裡掏出了幾塊糖來，立即接了過來，無聲地原諒了周末。

十四歲。

周末第一次接到女生的情書，然後杜敬之就跟他大吵了一架，接連幾天不理周末。

其實他們吵得莫名其妙，周末一個勁在道歉，杜敬之還是在生氣，然後扭頭就跑了。露臺門緊閉，怎麼敲也不開，窗簾也擋上了。

周末沒辦法，只能求周媽媽，然後在周媽媽找杜媽媽聊天的時候跟著進了杜家。

進去的時候，杜敬之正在餐桌前吃晚飯，注意到周末來了，理都沒理，繼續吃飯。周末走過去，偷偷在杜敬之身邊放了一根可樂味的棒棒糖，因為他發現，杜敬之最喜歡這個口味的。

杜敬之沒搭理，快速吃完了飯，沒拿棒棒糖就起身要回房間。周末意識到了，立即跟上，杜敬之連忙加快速度往樓上跑，剛到門口推開門，周末就跟了上來，從他的身後抱住了他的腰，硬是死皮賴臉地跟著進了杜敬之的房間。

杜敬之沒轍了，只能悶悶地到了書桌前寫作業，周末就跟著坐在杜敬之身邊。

寫了一會，周末突然指著一道題說：「這裡寫錯了。」

杜敬之終於爆發了，扯著嗓子喊了起來：「你怎麼這麼煩啊？」

周末也不在意，只是正經八百地回答：「小鏡子，我拒絕那個女生了。」

杜敬之又一次不高興了，扭過頭不看周末：「關我什麼事？」

周末抬起手來，揉了揉杜敬之棕色的髮絲，模樣特別寵溺：「你放心吧，我不會交女朋友的，只會一直跟小鏡子一塊玩。」

杜敬之一直扭頭不看周末，好半天什麼都沒說，耳朵卻紅了起來，彆彆扭扭的，不知道該怎麼辦才好。

「小鏡子也長得帥啊，以後也會有小女生給你寫情書，跟你表白……」周末說話的時候，語氣酸溜溜的。

「你當我是你啊，跟誰都笑！」

「嗯，小鏡子跟我不一樣。」

「你特別討人厭。」

「小鏡子特別招人喜歡。」

杜敬之被周末弄得無可奈何，好半天才歎了一口氣，把周末的手拍走了，說道：「別碰我。」

「那……你原諒我了嗎？」

杜敬之也知道，自己簡直就是無理取鬧，然後小聲嘟囔：「我沒生氣。」

「哦，那可能是我誤會了。」周末說著，再次把糖放在杜敬之的面前，「給你。」

杜敬之這才接了糖，撕開包裝把糖塞進嘴裡，沒有注意到周末的眼睛一直盯著他的嘴唇看，目光有點癡迷。

十七歲。

周末看著表哥，有點無可奈何，備戰高考的表哥就像一個更年期的婦女，絮絮叨叨，且讓人心煩，自己卻不自知。

「你這個人這麼會裝，全世界都覺得你是個老好人，就我覺得你特別假，不想笑你就別笑，弄得自己多好似的，表演給誰看呢？」

「哦，是嗎？」周末已經懶得理表哥了，只是坐在房間裡翻書看。

「有的時候覺得你身邊的人都挺傻的，居然這麼久都沒發現你的偽善，住你房間對面的那個娘炮是不是還覺得你是個大好人呢？頭號傻子。」

聽到表哥居然說起了杜敬之，周末突兀地變了臉，很快又笑了起來，回答：「是你太垃圾。」

表哥似乎沒聽清，問了一句：「什麼？」

「你太垃圾了，才顯得我優秀。」

表哥聽到這句話終於炸了，冷笑著問：「所以你終於不打算裝了，暴露本來面目了，真是一點也不謙虛。」

「我這麼努力不是為了謙虛的。」周末說著起身，站在了表哥的面前，用手指點了一下表哥的肩膀，冷笑著繼續補充，「狗屎不會因為被埋沒久了而光芒萬丈，所以，你一直這麼垃圾，只能證明，你的後半生依舊是個廢物。」

表哥聽到之後，氣得渾身發抖，抬手就要打人，結果被周末握住了手腕。

周末看著表哥的眼神特別冷漠，然後說道：「現在滾出去你就還算聰明，不然我們倆真的打起來，沒有人會覺得是我先動手的，而且，你這種廢物是打不過我的。」

表哥憤恨地看著周末，最後扭頭就走。

周末歎了一口氣，然後站在窗戶邊看向對面，然後就看到了一個頭髮炸起來的杜敬之，嚇了一跳，還當杜敬之觸電了，趕緊出了門，去了杜敬之的房間。

因為杜敬之，他可以瞬間進入地獄，也可以瞬間返回天堂。

十九歲。

周末醒過來的時候，杜敬之還在睡，依偎在他的懷裡。他不敢動，怕弄醒了杜敬之，卻還是在他額頭親吻了一下。

已經開學一陣子了，大學的生活要比他想像中輕鬆一些，跟高三相比較，現在簡直就是天堂，而且課程很有趣，他覺得很滿足。當然，最開心的是終於可以跟杜敬之一塊住了。

杜敬之還是被吻醒了，迷糊了一陣，才說：「我想喝水。」

聲音有點啞，昨天晚上喊的，這讓周末有點心疼，心裡想著之後要不要節制點。

「我幫你倒水。」周末說著立即起身，幫杜敬之倒了一杯溫水送過來，杜敬之一口氣全喝了，然後起床洗漱。

周末今天上午沒有課，起床是為了陪杜敬之去上課，兩個人在學校裡形影不離，好多學生都已經習慣了。杜敬之洗漱完畢，在門口整理衣服的時候，周末走了出來，他立即抱住了周末的脖子，主動親吻周末的嘴唇。

周末一邊回應，手裡還在整理著東西，整理好了才抱住杜敬之，深入了這個吻。

「別遲到了。」周末主動停止了親吻，提醒道。

杜敬之的手臂還掛在周末的脖子上，不高興地哼哼問：「還有多久？」

「五分鐘以後走的話，時間應該來得及。」

「那就再親五分鐘。」杜敬之立即再次湊過去，咬了咬周末的嘴唇，「怎麼辦啊，圓規哥哥根本親不夠啊……小鏡子好喜歡圓規哥哥。」

周末看著杜敬之，一臉的無奈，就這樣一個小色貓到了他的跟前，他能節制得了才怪。

糖都給你吃

番外

岑威

番外二　岑威

岑威在跑步機上跑步的時候，習慣性把音響的音樂開到最大聲，手機有訊息他都沒聽到提示音。看到訊息的時候，訊息已經是三十分鐘之前傳來的了。

杜敬之：死了沒？

因為手指有汗，導致按了幾次沒打開鎖，最後還是輸入密碼才進入頁面，打字回覆：差點。

過了沒一會，杜敬之又來了消息：殘了？

岑威：車廢了，我沒事。

杜敬之：哦。

岑威高考發揮不錯，雖然不像杜敬之跟周末一樣逆天考到華大去，卻也考到了北京。跟杜敬之有了聯繫方式，其實也挺有意思的。

一次回家，他在機場裡正好碰上了也要回去的周末跟杜敬之。

剛碰面，周末就開始冷著臉瞪他，他這人吧，不是一般的賤，本來不想說話，結果看到周末那模樣，他就來氣，故意去跟杜敬之說話。

杜敬之看到他還挺驚訝，給岑威的評價就是：「喲，來首都來滑滑板了？北漂工作了？」

反正就是不覺得他是來上大學的。

比周末還氣人。

他看著這對情侶，總覺得他欠欠地過來純屬找虐的，根本沒必要。

但是，自己作的死，跪著也要作完。

歎了一口氣，他跟杜敬之聊了幾句，杜敬之突然盯著他看了半晌問：「你有沒有興趣當模特兒？」

「拍畫報？上雜誌封面，走上人生巔峰？」他問。

「不，脫光以後讓我們畫畫的。」

「滾開！」他當即拒絕了，毫不猶豫的。

「給的錢挺合適的。」

「再說抽你！」他本來想扭頭就走，結果想了想，又要了杜敬之的聯繫方式，「這樣吧，你把聯繫方式告訴我，我準備下海了就聯繫你。」

杜敬之立即跟他互相加了好友，那模樣就好像生怕大肥羊要跑似的。

跟杜敬之加完好友，他特意看了周末一眼，揚了揚嘴角，有點故意叫囂的感覺。搶不過來，給周末添點亂也行啊，他就是這麼賤。

結果，周末主動跟他說話了，態度還挺親和：「還單身呢？」

「……」這話問的，怎麼這麼讓人不爽呢。

周末用大拇指，朝杜敬之指了指：「這麼好的你恐怕是找不到了，湊合著找一個得了。」

「嘿！你嘴挺欠打啊！」

「當然，你也可以靠自己起飛。」周末笑得那叫一個和善啊，岑威卻恨得牙癢癢。

「得，你們倆百年好合，行吧？我跪安了。」他氣得夠嗆，白了兩個人一眼就離開了。

前幾天，他的高中同學組團到了北京，說是想來看看天安門。他陪著哥們兒們連續玩了幾天，熬夜打撲克牌、逛酒吧、早起看升旗儀式，差點折騰得他掉了魂，大半夜把最後一個哥們兒送去了機場，自己開車回去的時候出了車禍。

疲勞駕駛，車頭撞樹上了，車前面開了花，好在他一點事都沒有。

他歸功於長得帥，命大。

車拉走之後，修的話，修理廠估價，差不多快是一半的車錢了，這車買的時候才五十來萬，再砸個幾萬修車，不值得。岑威這個鬧心，思前想後好幾天，也沒決定是修還是乾脆換一輛車。

打電話給他爹，他爹就一句話：「你小子浪夠了是吧？怕了吧？該！不給錢，自己騎自行車去吧，你得長點記性。」

還雪上加霜地生活費都不給了，他跟哥們兒們聚的時候，手裡的錢都揮霍得差不多了，一下子就快斷糧了，只能米飯配菜湯堅持了好幾天。

他把慘狀發了一個朋友圈，配了一句話：車毀精盡人未亡，明天叫我岑堅強。

哥兒們很夠意思，立即給他弄了一個眾籌，現在也籌了三百多塊了，他拿了錢，就在今晚自己去吃了頓烤肉消愁，然後給哥兒們一個個傳訊息，秀相片，自娛自樂。

單身的好處就是，一個人吃飽，全家不餓。

他拿著手機，看著微信，估計杜敬之關心的就是他撞車這事。

岑威：怎麼，分手了，現在還回頭是岸呢。

杜敬之：我倆一塊洗澡呢。

他想摔手機，看一眼時間，晚上十一點，估計人家倆人剛剛啪啪完，或者準備啪啪啪，正一塊洗澡呢，他一個孤家寡人，跑了一晚上步，然後還得看著人家秀恩愛。

操！

什麼事啊這叫？

岑威：故意秀恩愛的？

杜敬之：缺錢不？

岑威：不下海。

杜敬之：價錢合適，我同學，約單人模特兒，你們倆小黑屋，你不用不好意思。

岑威：他畫完了，展覽我的裸體畫是不是？

杜敬之：不，腰間有塊布，不過裡面不穿。

岑威：不幹。

杜敬之：說不定過不了多久就跟大衛齊名了呢？

岑威：我的偶像是陳老師，要為藝術獻身，也得是那種。你畫你家那口子嗎？

杜敬之：畫啊，從暗戀的時候就開始畫，我都熟悉到能默寫了。

岑威：你展覽他的裸體畫嗎？

杜敬之那邊沉默了一會，岑威以為他放棄了，結果沒一會，手機又響起了提示音，他伸手拿過來看。

杜敬之：剛才穿衣服呢，倆人洗澡穿衣服就是費勁。

他想把杜敬之拉黑名單。

他真是怕了這對情侶了。

他還想多活幾年。

他脾氣不好。

肝疼。

就在他已經點了要刪除的時候，消息提示裡杜敬之傳來了一張相片。他想了想，還是點了圖片，然後看到杜敬之傳來的是一個男生的相片。

相片裡的男生頭髮有點厚重，戴著一副黑框眼鏡，只是一張稍微側的臉，卻能看出來男生有很好的底子。鼻子高挺，嘴唇很薄，下齶線的形狀好看得不像話。

男生有點消瘦的樣子，卻不顯得病態，模樣乾乾淨淨，文質彬彬，穿著格子襯衫米白色的長褲，坐在畫板前擺弄著鉛筆，相片特別文藝。

側顏殺。

岑威是顏控。

無可救藥的那種。

當初對杜敬之感興趣也是因為貼吧裡的一張相片，跟這張相片的角度差不多。這個男生沒有杜敬之漂亮得張揚，卻十分耐看，放在人群中也是特別好看的那種，至少是岑威的菜。

他把相片放大，仔仔細細地看了半天，然後吞咽了一口唾沫。

有點心癢癢了。

杜敬之：就是這個同學，做他的私人模特兒，他有自己的畫室，價錢合適，另外友情提示，他性向不明。

岑威：性向不明是什麼意思？

杜敬之：據我所知，他長這麼大沒談過戀愛，有挺多漂亮的女生追他，他反應也很冷淡。他問過我出櫃的問題，問完也沒多說什麼，我覺得吧，估計是……你懂的。

他看著聊天內容，又點開了男生的相片，把相片保存了，遲疑了一會。

就算缺男友，也不至於為藝術而獻身吧？

杜敬之緊接著又傳了一條：修車缺錢吧？

扎心了。

都快缺瘋了。

岑威：怎麼約啊？

杜敬之：約炮約習慣了？

岑威：約個屁炮啊，我潔癖還顏控，不然憑哥這條件，也不至於看你們倆秀恩愛。

杜敬之：我不管，你們倆自己見面吧，我讓他加你了。

岑威：哦，行。

這個時候，好友申請也過來了。

他看了一眼對方的名字，簡潔明瞭：失聲。

他點了同意，心裡默念著，人家是文藝青年，別嚇到，要內斂一點，展現出成熟穩重的氣質。

他覺得是對方要約他，所以他沒先說話，只是通過申請之後，等了一會，對方也沒說話，他不由得有點疑惑，放下手機就去洗澡了。

洗完澡出來，他看了一眼手機，對方還沒說話。

他沉不住氣，傳了一條消息過去：哈囉？

等了一會，對方傳了消息過來：你好。

岑威：棕髮小夥子說你要找模特兒。

失聲：是的。

岑威：怎麼個合作法？

失聲：傳你的相片給我。

岑威立即找了找自己的相冊，把比較帥的兩張自拍相片傳了過去，對面很快回覆：我要看身體。

「操？」他看著手機裡的對話方塊，總覺得這位爺有點高冷啊，他思考了一下，還是走到租用房子的落地鏡前。他剛洗完澡，腰間只圍了一條浴巾，他直接對著鏡子照了一張相片，然後給對方傳了過去。

遲疑了一下，還拍了個小影片，對著鏡子正面側面拍了下來，有點賣弄身材的嫌疑，他終於有點慶幸他認真健身了。

傳過去之後，等了一會，對方回答：一個星期，一萬五千元。

岑威立即給杜敬之傳消息：你們那裸模一般多少錢啊？

杜敬之：首都什麼都貴，一小時五百元起，最高的一次有一小時兩千元的。

岑威：那一星期是一萬五是怎麼個情況？

杜敬之：只要你倆這個星期有空就在一起這樣的，算是一種包養吧。類似於這片魚塘被他承包了一星期，你不許給別人摸魚。

岑威：價格合適嗎？

杜敬之：商量好時間範圍，一般要求一週最低十小時，其實憑你的姿色價錢給高了，我覺得頂多一萬元。

岑威：滾開，老子的姿色，簽了約就能出道。

回答完，就給老闆回消息了。

岑威：還有其他要求嗎？

失聲：最低十小時，室內，有空調，可以供吃住。我個人畫，畫作用於個人作業以及練習，不對外公開。

岑威：我們先見一面？

失聲：可以的話再見面，以免浪費彼此時間。

有點酷啊……

岑威翻了個身，拿著手機繼續聊天。

岑威：行，我們在哪裡見面？
失聲：來我畫室。
然後傳了一個地圖座標。
岑威：時間？
失聲：明天下午三點後，我有時間。
岑威：好，手機號碼給我一個，我到了給你打電話，另外，你叫什麼？
失聲：莫晟。
聊了一會，莫晟就沒有話了，他就覺得，這小子估計挺高冷的，應該是個內向的性格？搞藝術的人嘛，可以理解。
他點開莫晟的朋友圈，發現對方設置三天內可見，朋友圈內一片空白。再看看莫晟的頭像，應該是一幅素描畫，仔細看就會發現應該是自畫像，這回是正臉，挺寫實的那種畫風。
他又看了莫晟的頭像半天，怎麼看怎麼滿意，有種終於找到另一半的喜悅。他這個人，只要有點好感就會去嘗試，當年試圖接近杜敬之的時候也是這樣，試過了才知道行不行，萬一成了呢。
放下電話，就心滿意足地去睡覺了。

翌日。
岑威坐公車到了華大附近，看了一眼時間，路程四十分鐘，不算近了。莫晟是在學校附近租了民宅作為畫室，聽說不僅僅是畫畫，還會在裡面住。

如果是提供住宿的話，就是他能跟莫晟同居。

他在來之前就給莫晟打了電話，到了樓下，發現莫晟根本沒來接，估計是等著他自己上去呢。

他站在社區裡環顧四周環境，樓挺舊的，樓下很多孩子在玩鬧，還有就是老年人下棋。他左右看了看，然後按照門牌號上樓，整理了一下自己的髮型跟衣服，這才敲門。

等了大概一分鐘，在他準備給莫晟打電話的時候莫晟打開了門，他還沒看到莫晟人，就只聽到了聲音：「進來吧。」

他立即走了進去，然後看到了莫晟的背影。

莫晟的身高估計在一百七十五公分左右，身材跟相片裡一樣瘦，上身穿著一件白色的上衣，下面是一條淺藍色的牛仔褲，拖鞋裡還能看到他的白色襪子。

岑威站在門口打量著莫晟，打了一個招呼：「我到了，我現在要做什麼？」

莫晟在整理自己的畫室，來回搬著東西，在這個時候回過頭看向岑威：「先進來吧。」

岑威趁機看了莫晟一眼，然後俯下身換鞋，忍不住揚起嘴角笑了笑，幸好不是相片騙子，真人長得要更秀氣一些，沒有相片上冷漠，算是一個娃娃臉。

長得不錯。

他還挺喜歡的。

沒白來。

「要我幫你搬嗎？」岑威走進來問，已經到了莫晟身邊，仔細打量這個人。

「不用，馬上就好，你先脫衣服吧。」莫晟回答，聲音屬於溫柔的男音，口音軟軟的，不知是哪裡人，反正不是東北口音。

不是像他這樣的粗魯漢子。

他的另外一個想法就是，比杜敬之那個整天「操操操」的小東西溫柔多了！

「就這麼直接脫？」他問。

莫晟停下手裡的動作，疑惑地看向岑威，問：「那……還需要做什麼嗎？」

「沒事，我第一次下海，不懂，隨便問問。」

「下海？」

「就是……第一次做模特兒。」岑威解釋，因為他的腦袋裡已經把杜敬之當成老鴇了。

「哦，那我們節省點時間吧，畢竟一個姿勢久了會很累，第一天就三個小時好了。」莫晟說完，指了指客廳裡的沙發，「衣服脫在衣架那裡就好，然後坐在沙發上，一會我調整姿勢。」

「好。」岑威開始脫衣服，不過還是有點尷尬，之前去男澡堂他都不在意，但是現在孤男寡男的，他還是gay，共處一室的還是他喜歡的類型，真的有點想入非非的感覺。

脫到只剩內褲，他問：「這個也脫？」

莫晟扭頭看了岑威一眼，沒看臉，直接看身體，眼神根本沒有看別人身體的感覺，而是在驗貨，打量了一會才「嗯」了一聲，接著繼續收拾東西。

他只能脫了，然後到沙發上坐下，至於傳說中的那塊布，他是沒看到，一點遮擋都沒有地坐著，確實有點……

莫晟在這個時候走過來，從沙發的一側拿出畫具來整理，他坐在沙發上看，問道：「你畫畫挺刻苦的，筆頭都磨平了。」

莫晟頭都沒抬，直接回答：「我是畫油畫的，油畫的筆頭就是平的。」

岑威覺得他有種強行尬聊的感覺，最後乾脆沒說話。

第一天合作需要調整的有點多。

莫晟最開始就是在收拾場地，把沙發邊礙事的東西都挪開了，然後在沙發對面騰出一塊地方，他擺好畫板，放好畫具。

然後就是讓岑威躺在沙發上，來回調整姿勢。

岑威覺得他做廣播體操都沒有這麼多奇奇怪怪的姿勢，結果今天調整姿勢的幾分鐘，他做全了。最重要的是，他的小威威依舊屬於沒有遮擋的狀態，在調整姿勢的時候，一直在盪啊盪的，顯得特別的沮喪。

莫晟一般不會觸碰岑威的身體，在換姿勢的時候，莫晟會指揮，偶爾用手指幫他糾正手臂或者身體的位置，擺好了姿勢，莫晟會退到一邊看一看，然後再進行調整。

「那個……這是要練體操？」岑威忍不住問，他可不是脾氣好的人，被這麼折騰，還光屁股，真是有點受不住。

「你身材很好，我想找一個完美點的姿勢，能夠體現出全部的優點。」莫晟回答的時候語氣十分認真，盯著岑威看的目光也沒有半點的雜質，讓岑威一下子沒了脾氣。

最後選擇的姿勢還是比較保守的，就是斜躺在沙發上，身體朝前，單手支撐頭，腿一條前伸，一條曲起，這樣雙腿之間張開了一定角度，小威威就這麼展示在莫晟面前。

莫晟這個時候，才從一邊取來了一塊布到了岑威的身前，用手指推了一下他的腿：「不要靠在椅背上，會顯得腿粗，而且肌理會變形。」

「哦。」岑威覺得那樣會輕鬆一些，不過既然人家開口了，他就不靠著了。

然後，莫晟伸手，捏住了岑威的小威威，調整了一下位置。

岑威整個人都呆住了。

結果小威威十分不配合，剛放上去，就又搭了下去。

莫晟並沒有猶豫，再次放好位置，然後將布搭在了岑威的腰間，就連布的褶皺都調整了半天。之後就是拉上窗簾，然後打開落地燈，調整光的角度。

調整完，又站在畫架前看了半天。

岑威還沉浸在莫晟幫他調整小威威位置的震驚中，好半天沒回過神來。

這好像還是……第一次被其他男生碰到自己的小威威，結果對方做得這麼坦然？

這時莫晟再次走了過來，蹲在岑威的身前，伸出手指，戳了戳岑威的乳頭。

岑威跟著低頭看，他的乳頭特別小，而且有點內凹，不過畢竟是男生，他不太在意，結果莫晟連這個都要調整？

果然，莫晟開始捏他乳頭了，想要拔出來，最開始還挺輕的，後來就稍微用力了，不過沒用，還是內凹。

「它……比較害羞，跟了我二十年了，一直都怎麼不願意見人。」岑威介紹自己的乳頭，眼睛盯著莫晟看，居然好脾氣的沒生氣，恐怕是莫晟盯著他那裡看得太認真了，讓他覺得有趣極了。

莫晟沒放棄，站起身來去了浴室，弄了一個熱毛巾出來幫岑威熱敷，好不容易才終於讓那裡稍微凸出來了點。

「其實不用這麼麻煩，舔舔說不定自己就立起來了。」岑威這句話就有調戲的意味了。

莫晟看了他一眼，依舊是那副冷淡的表情，也不知是什麼樣的情緒，沒多說什麼，拿出手機，對岑威照了一張相，然後到褶皺處，著重照了一張。

「你們很可以照著相片畫畫啊，為什麼要花錢找模特兒？」岑威忍不住問。

「明明有手機女友，你為什麼要找現實的？」

「哦……」岑威應了一聲，然後笑嘻嘻地回答，「可惜我是gay，不知道有沒有手機男友？」

莫晟低頭看著手機裡的相片，沒出聲回答，似乎對這個話題不感興趣。

終於調整完了，莫晟就坐在畫架前開始畫畫了。

岑威覺得無聊，忍不住跟他說話：「你多大？」

「比杜敬之大一屆。」

「哦，哪裡人啊？」

「H市。」

「果然是南方人啊，你們那裡的人是不是特別溫柔？」

「凡事不能一概而論。」

「也對。」

莫晟這個人話不多，也不太愛聊天的樣子，聊了一會，話題就持續不下去了，岑威只好繼續僵持著擺造型。

他們約定是二十分鐘到三十分鐘後，可以稍微休息五分鐘。

休息的時候莫晟問他：「你吃什麼，我訂飯。」

「哦……隨便吧，我沒什麼忌口，不過甜的少點。」

「好。」

飯在莫晟畫了兩個半小時的時候來的，看到岑威的狀態已經不太好了，也就沒再繼續，直接放人吃飯。

岑威到一邊取來內褲穿上，然後套了一件上衣就過來吃飯了，坐下就覺得渾身不舒服，指了指自己的腰：「幫我捏捏，特別痠疼。」

莫晟原本在吃東西，不過還是用左手幫岑威揉了揉後背：「第一次都這樣，以後就好了。」

「衣服裡面捏捏，稍微用點力，沒事。」

莫晟沉默地把手放進衣服裡，幫岑威繼續捏。

岑威捧起飯吃了幾口，問：「你平時就吃這個？」

「嗯。」

「哦，今天就到這，還是晚上繼續？」

「我都可以。」

「那繼續吧，反正我光棍一條，沒什麼夜生活。」

「好。」

吃完飯，岑威打算休息一會再開工，於是跑到陽臺偷偷吸了一根菸，結果發現陽臺有菸灰缸，而且還有幾個菸頭。

莫晟那麼溫文爾雅的男生也吸菸？

休息了能有一個小時，他們倆再次開工，這一次的重點專案依舊是照著手機裡的圖片調整褶皺，調整完，莫晟又蹲在了岑威的身前盯著岑威的乳頭看。

岑威忍不住樂了，總覺得自己的這兩個小東西太不爭氣了。

然後就看到莫晟湊過來，小心翼翼地用自己的舌尖舔了舔凹進去的小東西。然後……那個小東西，就特別爭氣地凸出來了。

莫晟用雙手扒著沙發邊，湊過去舔另外一個，因為靠得近，有些厚重的頭髮刮著岑威的身體，讓岑威身上癢，心也跟著癢癢。

終於搞定了兩個小東西，莫晟剛要離開，就發現那塊布的褶皺又有點不對勁，於是過去調整，後來才發現，是某個東西硬了，把布頂起來了。

莫晟抿著嘴唇，不知道該怎麼面對這尷尬的一幕。

「其實……你知道的，我是gay，你還是我喜歡的類型，所以有點反應是對你的尊重。」岑威這樣解釋，顯得特別的無恥。

莫晟站在一邊看著岑威，依舊面無表情，之後只是「哦」了一聲，又盯著那裡的凸起看了看，這才回了畫架前繼續畫畫。

畫了一會，岑威提醒：「又凹進去了，你要不要來拯救一下？」

莫晟沒說話，直接去了浴室弄毛巾去了。

岑威有點失望。

結果住宿是岑威留在畫室住，莫晟回學校寢室去了。

「其實可以一起住床，我看地方挺大。」岑威試圖挽留。

「不了，畢竟你是gay。」

「哦……」

等莫晟離開，岑威就繞到了畫架前看了看莫晟畫的自己，覺得畫得……這是啥？草圖嗎？只有一個肉團的輪廓吧？為什麼要在意乳頭？

不過他沒多想，沖了一個澡就去睡覺了，第二天一大早就出門回自己的學校上課。

今天過來的時候是五點多了，岑威自己去買了菜，到了莫晟的畫室門口敲門，莫晟很快來開了門，依舊是那句話：「進來吧。」

岑威進去之後，拎著東西直接換鞋進門，問：「吃飯了嗎？」

「還沒……」然後就看到了岑威手裡拎的東西。

「我做給你吃。」

「哦，好，謝謝。」

岑威去了廚房，直接開始忙碌，他昨天就注意到這裡有廚房了，不過工具不多，所以他也沒做太難的東西，只打算做幾個捲餅完事。

「需要幫忙嗎？」莫晟走過來問。

「你站在旁邊看我做就行，你站在那裡我心情好。」

「為什麼？」

「因為你是我的菜，所以，給你做菜更開心。」說著，就繼續忙了。

莫晟站在一邊，抿著嘴唇看著岑威做菜。

「有平底鍋嗎？」岑威問。

莫晟走進去，拿出了平底鍋，岑威在這個時候湊到了莫晟旁邊，在莫晟身上嗅了嗅：「怎麼有點中藥味？」

「嗯，我在吃藥。」

「身體有問題嗎？」

「不算嚴重，會怕冷。」

「哦……腎虛？」

莫晟沒說話，不過態度也不好。

岑威側頭看向莫晟，揚起唇角笑了笑，然後湊近了看他，問：「你是冷淡嗎？那方面。」

莫晟看著岑威，依舊沒說話。

「你是 gay 吧？畢竟這個……我們大多都能一眼看出來，你越偽裝越不自然。你喜歡什麼類型的？」

莫晟依舊只是看著他。

「杜敬之給你看過我相片，看的時候怎麼說的？其實那傢伙特別直白，話語裡就透著一股子想要介紹對象的感覺，我是看你是我喜歡的類型才借坡下驢的，不然我都想數落他。怎麼，相處了之後，你覺得我怎麼樣？」

莫晟依舊沒有說話，扭頭就出了廚房。

岑威也不著急，繼續在廚房裡做飯，兩個人一塊吃完東西，就直接開始進入正題了。莫晟的糾結點還是那兩個，這回依舊是用熱毛巾。

畫完畫，已經到了晚上十點左右，莫晟收拾東西準備離開，岑威剛套上內褲，就看到莫晟要離開了，他立即追了過去，用手撐著門不讓莫晟打開，把莫晟困在他跟門之間，問：「今天也回去？用不用我送你？」

莫晟面對著門，微微低著頭，遲疑了一會，才回過頭，吞吞吐吐地說：「我確實目的不純……」

岑威一聽就樂了，於是點了點頭，這小傢伙還挺坦誠。

「而且，不是冷淡。」

「哦……」岑威拉長音地應了一聲，「所以你昨天，只是單純地想碰碰我？」

莫晟咬著下唇，有點覺得羞愧，轉身就要離開，卻被岑威按住了肩膀，將他按在門上，然後就是一個有些強勢的吻。

莫晟被吻得措手不及，完全沒想到這個人會這麼直接，他想伸手推，雙手卻按在岑威的胸膛上，碰觸到滾燙的胸膛，他嚇得縮回手來，結果手腕卻被抓住了。

岑威的嘴唇貼著他的唇瓣呢喃：「都說了你是我的菜，你想怎麼摸都行，隨便。」

「我不是想找炮友。」莫晟立即強調。

「那是……」

「我想的，不是這樣，我想找戀人，好好在一起的那種，你節奏太快了，我接受不了。」

「如果你說的是追人的速度的話，我承認快，不過在床上的話……我估計不會太快，最起碼會讓你舒服。」岑威依舊在語言挑釁，終於讓莫晟有些臉紅，又往角落躲了躲，「你第一次見面就碰我下面了，還舔我，現在又要柏拉圖，你怎麼這麼壞呢？」

「我只是想好好畫畫。」

「結果畫成一個麵團？別以為我沒看到，你今天重新畫了一張。」

「……」

「好吧，我也不欺負你，按照你的想法來，我也挺想找個戀人的。」

岑威這樣說完，莫晟明顯鬆了一口氣。

不過，莫晟太不瞭解岑威了。

「今天呢，你親我一下，我就放你走。」岑威再次補充。

莫晟驚訝地看向岑威，明顯震驚於他的無恥。

「模特兒的錢可以給你打個八折，不能再便宜了，躺那真挺累，你要是我媳婦我就忍了，可惜你現在還不是啊，你說是不是？」

莫晟看著近在咫尺的岑威，突然伸出手，在岑威的胸口摸了一把，給岑威摸得一愣，結果莫晟趁機立即轉身，強行拽開門，跑了出去。

岑威這個無奈啊，樂呵呵地關上門，回屋拿出手機，給杜敬之傳微信：謝了。

杜敬之：已經開始了？

岑威：沒追上呢。

杜敬之：哦，你謝的是這個？

岑威：嗯。

杜敬之：別欺負他，他比較愛害羞，不過很有才華。

岑威：你太不瞭解他了。

杜敬之：哦？

岑威：不能跟你說，我未來媳婦害羞。

杜敬之：哈哈哈哈哈哈哈哈。

岑威看著這一排哈哈哈，就覺得這話挺魔性，跟著樂了。

第二天。

岑威中午就到了莫晟的畫室，結果莫晟不在，他立即給莫晟傳了個訊息詢問，大概十分鐘後，莫晟就跑了回來，喘得厲害，還伴隨著咳嗽，這回岑威真的確定莫晟是身體不好而非冷淡了。

「你急什麼啊，我等會也死不了。」岑威立即幫忙拍莫晟的後背。

「沒事。」莫晟用鑰匙開了門，就直接走出去了。

「要不要喝點水？」

「沒事。」

岑威也不願意多問了，總覺得現在莫晟說話都難受，不過莫晟歇了一會之後確實好多了，岑威也就放心下來。

今天又是之前的姿勢，岑威自己就能躺好了，在莫晟整理遮羞布褶皺的時候，岑威突然說道：「位置不對，幫我擺擺。」

莫晟的動作頓了頓，不過還是幫岑威把小威威擺好了。

岑威「咯咯」直樂，莫晟的臉直接紅了。

因為不想破壞褶皺，岑威通常不動，中途渴了，也要莫晟過去幫岑威餵水。莫晟一直是之前那種態度，表情淡然。

岑威不著急，莫晟不想太快，他也不再追得太緊，兩個人保持現狀，一直持續到一星期結束，除了上次親了一下，其他就沒有了。

莫晟轉帳給岑威的微信，付了工錢，岑威沒立即接收，而是說：「現在親我一下，還是可以打八折的。」

莫晟只是看著他不說話。

「或者你答應當我媳婦，我全免。」

莫晟依舊沒說什麼。

「你不給我一個答案，我估計只能回去了，以後怎麼辦？繼續合作還是？」

莫晟有點無措，卻什麼也說不出來，也不敢過來親岑威，岑威沒辦法，只能收了錢，離開了莫晟的畫室。

之後幾天，岑威以為莫晟會來找他，結果莫晟一句話都沒再跟他說過，給他氣得夠嗆，說好的圖謀不軌呢，他都準備好了，結果人家沒後戲了？

就這樣僵持了能有二十多天，莫晟才給他傳來了消息。

失聲：最近有空嗎？

岑威：還行，馬上暑假了。

失聲：一千元一小時，可以嗎？

岑威：就這事？還畫？

失聲：嗯，換個姿勢。

岑威：哦，你就打算跟我維持這種關係了？

失聲：不可以嗎？

岑威看著手機，氣惱了好半天，最後打字回覆：行，可以，考完試我就過去。

到達莫晟畫室的時候剛剛早上八點多，岑威是氣得沒怎麼睡好，頂著黑眼圈，騎了輛自行車就自己過來了。

結果打開門，看到莫晟就氣不起來了。

岑威進來之後，還是那副公事公辦的模樣，莫晟指揮，他擺姿勢，累了就歇一會，之後再繼續，這樣一堅持，兩個人竟然在尷尬的氣氛下，一下子就畫了一整天。

在岑威站起來光著屁股活動身體的時候朝莫晟看過去，看到莫晟居然去洗漱了，過了大概二十分鐘，洗漱完畢走了出來。

「不回寢室了？」岑威問他。

「期末了，寢室那邊幾乎沒人了。」

「哦……」岑威這才反應過來，這是要一塊住了，立即就開心了，然後快快樂樂地去洗漱，之後擦乾頭髮去臥室的時候，莫晟已經躺在床上了。

岑威跟著躺在了莫晟身邊，兩個人都沒說話。

沉默。

還是沉默

終於，岑威忍不住了，問：「你到底什麼意思，還別有所圖嗎？」

等了一會，莫晟才低低地應了一聲：「嗯。」

「那為什麼不聯繫我？這就是你的節奏，慢得有點離譜了吧？」

「我……剛存夠錢。」

岑威聽完，先是愣了一下，然後才側過身，一下子抱住了莫晟，莫晟身材很瘦，他一下子就能抱住整個人。

「你想見我，就跟我說一聲，我就來見你了，你搞這麼複雜幹什麼？」

岑威說話的時候，有點怒氣。

莫晟在岑威的懷裡，特別乖巧，遲疑了一會才戰戰兢兢地問：「那……按照你的節奏來呢？」

岑威立即翻了一個身，把莫晟壓在了身下面：「我的節奏就是喜歡就直接幹！」

莫晟還是慢吞吞的樣子，弱弱地回答了一句：「聽你的也行。」

莫晟很瘦，岑威總怕弄壞了莫晟，所以做得小心翼翼的。

親吻、撫摸、進入……都盡可能溫柔。

莫晟不是很配合，或者說是有點緊張，卻一點也不掙扎，特別順從，聲音總是壓抑在嗓子裡，偶爾傳出來，像是小奶貓的聲音，聽得岑威一陣難耐。

第一次結束，莫晟躺在床上有點喘，岑威抱著莫晟，乾脆躺在莫晟身上。

「媳婦。」岑威叫了一聲。

莫晟聽到之後，身體一顫，沒回答，卻偷偷笑了起來，幾乎沒有聲音。

過了一會，莫晟才問他：「我可以摸你嗎？」

「隨便。」

莫晟小心翼翼地觸碰岑威的身體，每一塊肌肉，每一寸肌膚，小心翼翼，仔仔細細地觸碰，還會湊過來，特別輕地親吻他的肩膀。

岑威被摸得起火，獸性大發地又來了一次，莫晟也任由岑威胡鬧。

這個暑假岑威沒回老家，在首都跟莫晟一塊待了一個多月。

待到……需要跟莫晟一塊喝中藥，滋補身體。

同時體會到了他媳婦確實不冷淡。

莫晟從來不主動，只是不經意似的撩，做的時候很舒服，從來不拒絕，來幾次都奉陪，就像吸人精元的妖怪。

糖都給你吃

番外

小鏡子作死日記

番外三　小鏡子作死日記

杜敬之：還記得剛開學的時候有女同學偷偷問我，圓規哥哥總來陪我上課，是不是看上我們系哪個女生了？結果最近，她們開始好姊妹似的跟我聊天，諮詢我怎麼找到這麼好的男朋友的。我會說，是圓規哥哥先惦記我的嗎？

多串君：聽說，最開始是你主動來著？

威武雄壯的豆腐：刷新主頁就看到敬兒又在虐狗。

Rosekiller：長腿子運氣好，從小就遇到了小鏡子，我也好想從小養一隻小鏡子啊。

雨辰無傷：日常催婚大隊出動。

鹿阿欣：我也想跟敬哥哥問問經驗啊……我也想要長腿子這樣的男朋友！

杜敬之：今天畫的。【圖片】

木馬九十九：敬哥哥胖胖的！

吃土少女吶～：敬兒今天又沒發自拍。

三小時後。

橋斂之：媳婦兒真棒！【笑而不語】//杜敬之：今天畫的。【圖片】

墨仇：啊啊啊啊啊，長腿子哥更新微博了！

初遇薄荷綠：拜學霸求過四級！

湘縲：臭不要臉的長腿子，搶走我們的敬兒，公開叫媳婦，我們敬兒不要面子的？

請叫我女王大人：敬兒又要哭了，每次發畫都是長腿子轉發了才會有人關注。但是每次秀恩愛，都有一群土撥鼠叫喊。

杜敬之：這次回去跟著兩個媽媽各種跑，諮詢移民的問題，她們倆統一了意見，可以不要孩子，但是必須登記結婚，其實沒必要，又不會分手。

含苞禹放：結婚！結婚！結婚！

一隻鴨：需要移民，導致心情有點複雜，不過，你們倆過得好才是真的好，結婚吧。

47lxh：小鏡子其實是想逼長腿子趕緊求婚吧？

無辣不歡：感覺樓上真相了。

……

六小時後。

橋斂之：婚是肯定要結的，別著急，親親。// @杜敬之：這次回去跟著兩個媽媽各種跑，諮詢移民的問題，她們倆統一了意見，可以不要孩子，但是必須登記結婚，其實沒必要，又不會分手。

抱著司小南吃草莓果脯：你速度快點好不好，我們敬兒都著急了！

風水先生 mio：快點結婚吧！

杜敬之跟周末在過年的時候還要幫杜姥姥搬家。

動遷的消息下來了，杜姥姥這些人卻住到了最後的時間才肯搬走，新房都裝修好，放了一年的味道了。

結果搬完家，又來了一次家庭聚會，說是傳說中的入厝。

然後，家裡沒有地方住人了，就把他們兩個人給趕出來了。

兩個人在寒風裡傻乎乎地站了五六分鐘，然後對視了一眼。

杜敬之迷茫地問：「這是……被拋棄了？」

「也不算吧，估計我們倆年輕，找地方住方便。」

「去你的別墅？」

「沒繳暖氣費。」

「去你家？」

「這都到了我父母睡覺的時間了，別吵醒他們了，我們去住飯店吧。」

杜敬之至今對周末住飯店的那種挑剔程度記憶猶新，所以對今晚表示擔憂，兩個人走了一會，杜敬之突然想起來了一個地方，說道：「走，老公帶你去住監獄去，那裡不用收拾就能住，畢竟乾乾淨淨的就不叫監獄了。」

「呃……你以前提起過的監獄主題房？」

「嗯，大過年的，肯定沒有人去住，走吧。」

跟杜敬之想的一樣，這個時間根本沒有誰住賓館，就連接待的服務生都放假了，只有老闆娘跟老闆坐在前臺裡看著春節晚會。

兩個人順利拿了房卡，然後就往樓下去。

監獄房是半地下室，只有牆壁上面有一個天窗一樣的小窗戶，其他幾乎密不透風，還真有點監獄的感覺。

房間門就是一個破爛的牌子，上面印著號碼，打開門，杜敬之就震驚了，張大嘴看著裡面。

房間主要是暗色調，其實一點也不簡陋。

床周圍是鐵柵欄，也就是監獄的籠子，籠子上頭還懸掛著鐵鍊，鐵鍊還繫著一些紅色的布條。床頭還有一個鐵鍊的手銬，最精彩的是掛在籠子邊上的鞭子以及籠子外的一些蠟燭。

周末一看就樂了。

杜敬之把門關上，打開燈，發現燈光也是多重選擇的，還有主題燈光，打開之後，燈光接近暗紅色，打開這個燈，杜敬之還看了看周末，周末也在看他。

他忍不住吞咽了一口唾沫，然後扭頭去看看浴室。

浴室裡也挺有意思，房梁上還吊著個可以捆人的鐵鍊以及手銬，淋浴的浴簾印著的是一個黑色的影子，影子的輪廓就是一個用鏈子捆著的女人，女人身材曲線很好，挺著屁股，男人在後面進入女人的身體。

「嘖，這房間簡直十八禁。」杜敬之忍不住感歎。

杜敬之回到臥室放下行李，脫掉外套，在床上坐了坐，忍不住感歎：「床板有點硬啊！」

「估計是貼近監獄主題？」周末坐在了他身邊，跟著感受一下。
「我想試試那個。」杜敬之指了指手銬。
「我幫你戴上？」周末問。
杜敬之搖了搖頭，推著周末，讓周末躺在床上，然後拿來手銬就要幫周末戴上，不用說，周末自然不願意。
「就試試看，看看能不能自己掙脫。」
周末特別的不願意，但是看到杜敬之期待的樣子，又有點遲疑。
杜敬之拿著手銬繼續擺弄，然後看著上面的鑰匙，見周末依舊不配合，這才說：「我們一人試一次呢？」
「一會不許耍賴。」周末歎了一口氣，妥協了。
杜敬之立即點了點頭。
周末這才坐在床頭邊，讓杜敬之幫他戴上。杜敬之幫周末戴上之後，立即把鑰匙放進了口袋裡，同時問：「你試試看，能自己抽出來嗎？」
周末試了試，還真不能。
杜敬之立即就壞壞地笑了起來，周末終於發覺了不對勁。
杜敬之則是開始折騰周末，讓周末仰面躺在床上，被扣住的雙手舉過頭頂，然後解開周末的幾粒紐扣，露出結實的胸膛跟腹肌。
然後杜敬之退到一邊，怎麼看怎麼滿意，立即激動地說：「你別動，千萬不要動，這個姿勢特別好。」

「你……要幹什麼？」周末忍不住問，心裡越來越不安。

杜敬之開始在自己的包裡翻找，最後翻出來一個速寫本，還有一支筆，找了一個角度，捧著速寫本，就開始照著周末畫畫。

溫柔如周末，此時也忍不住翻了一個白眼。

交往的情侶。

重口味監獄主題房。

夜深人靜只有兩個人，一個人被手銬扣住了。

然後另外一個人激動萬分地拿出了速寫本，開始畫速寫！

畫速寫！

杜敬之你就這點出息！

堅持了大概十五分鐘，杜敬之才算是畫完了，還挺滿意的，拿著自己的速寫本，端詳了半天。

「小鏡子，幫我打開。」周末立即晃了晃手銬，鐵鍊跟床頭碰撞，發出叮叮噹噹的聲音來。

「哦。」

杜敬之聞言便立即放下了速寫本，回到了床上，並沒有第一時間打開手銬，而是直接騎坐在周末的身上。

棒棒糖時間就要開始了。

杜敬之低著頭，看著躺在床上的巨大糖果，他跟糖果的目光對視，忍不住笑出聲來，把手伸進包裝紙裡，輕輕摸著糖果的身體。

巨大的糖果，身體散發著甜甜的味道，流暢的曲線，結實緊緻的身體，他用手一點一點的撫摸，然後俯下身輕輕親吻糖果的身體。

將糖果身上的包裝紙扣子全部解開，看到整個真正的糖果，誘人的顏色激發著他的食欲。他一點一點地舔著糖果的身體，手還在不安分地摸著。

糖果被固定著，只能任由他撒野。

他卻不著急似的，慢條斯理，一點一點的，讓糖果忍不住吞咽了一口唾沫。

「這樣銬著，衣服脫不掉啊。」他忍不住感歎了一句。

「乖，把我放開。」

「不，衣服不能，但是褲子能。」說完，已經在解開下面的飯店扣子了。

糖紙被往下拉扯，露出一根已經圓潤挺立的棒棒糖來。

他用手指點了點棒棒糖的頂端，輕輕親吻了一下。

其實在杜敬之爬上床坐在他身上的時候，周末就已經有點反應了，尤其杜敬之還不老實，坐在他身上就開始撫摸他的身體，還在他的身上又親又舔，他沒有反應就奇怪了。

好像少硬一會，都顯得不夠愛杜敬之。

所以在杜敬之幫他把褲子拽下來的時候，那根東西早就硬了。

杜敬之仍舊不肯鬆開他，反而握住了小末末的根部，然後含住了頂端，用柔軟的舌頭輕輕刮著小末末。

被柔軟包圍的時候，周末忍不住顫了一下，然後吞咽了一口唾沫，小聲說：「小鏡子，乖，鬆開我，我沒法回應你。」

杜敬之不理他，繼續幫他口著，用舌尖一下下地刮著小末末，讓那裡越來越硬。

覺得可以了，杜敬之才跪著解開了自己的褲子，然後在周末的眼前，將褲子脫了下來，然後小心翼翼地坐在上面。

周末的那玩意長得離譜，就跟他的腿一樣，有點不符合常規。

這樣沒有潤滑地一點點坐下去，讓杜敬之有點難受，坐穩了之後，就覺得「小末末穿腸過，精液留體中」，讓他忍不住悶哼了一聲，然後雙手撐著身體，才能勉強堅持下來。

周末又活動了一下手，依舊無法脫離，只能這樣被束縛著，看著杜敬之生澀的樣子乾著急。

杜敬之很努力了，剛想動一下，就再次難耐地身體一晃，一隻手撐在周末的胸口。

「小鏡子很厲害了。」周末強忍著，還要鼓勵杜敬之。

「才能幹爽你。」杜敬之緩了一會，才再次開始動。

周末從來沒試過這種感覺，最開始還有點難受，後期卻舒服得不像話。當然，如果手不被扣著，他更想抱抱杜敬之。

在紅色的燈光下，杜敬之咬著下唇努力晃動身體的樣子，實在是太可愛了。

「嗯……嗯……哥，哥，你別跟著動……我能行……」

杜敬之開始抱怨，這次他想佔有主動位置，結果周末被扣著，還不老實地跟著動，讓他越發控制不住自己，甚至呻吟出聲。

周末特別聽話，直接不跟著動了，就讓杜敬之肆意妄為。

最開始進入的難受，漸漸變得微妙起來。

他們在同居的時候，也經常會做，現在他已經能夠習慣了。不過這次是杜敬之第一次主動，也是第一次打算自己完成，所以動作還是有點生澀，腰晃得不夠浪。

不過，這也足夠了。

周末似乎是被杜敬之這副樣子刺激到了，或者是杜敬之真的晃得讓周末十分舒服，這次居然是周末先射的。

「哥，我還沒好……」杜敬之有點委屈，坐在周末的上面又晃了晃腰。

「你過來點。」

杜敬之立即懂了，往前湊過去，騎坐在周末胸口，把自己的小之之塞進周末嘴裡，周末特別配合地含住，然後來回舔弄。

杜敬之的屁股裡還有周末射出來的東西，在杜敬之移動的時候，全都蹭在了周末胸口，被周末口的時候，杜敬之舒服得幾乎要哭出來。

結果，周末突然不繼續了。

「哥，沒有像你這樣的。」杜敬之看著周末，立即抱怨起來。

做的時候，杜敬之很會賣乖，都會叫哥。

「給我解開。」

杜敬之撇了撇嘴，還是不情不願地拿來鑰匙，幫周末解開了。

重獲自由之後，周末先是活動了一下手腕，這個時候杜敬之已經再次湊了過來。他立即含住了杜敬之的小之之，然後一隻手捧著杜敬之的屁股，將手指插進去，來回抽插。

前面跟後面的雙重刺激，讓杜敬之沒再堅持多久就直接釋放出來。

周末毫不在意地全部吞了下去。

杜敬之有些累了，虛脫了似的躺在了周末的胸口，也不在意那裡的黏稠，還不忘記問：「哥，我厲害不？」

「嗯，厲害。」周末在杜敬之的額頭親吻了一下，然後抱著杜敬之的身體，又去親吻杜敬之的臉頰、脖頸以及胸口。

剛才都是杜敬之吻他，他得還回來。

杜敬之閉著眼睛，被親吻的時候還仰著嘴角，十分喜歡。

他家色腿怎麼色他他都高興，恨不得把色腿壓被窩裡，沒日沒夜地做這些色色的事情。

「哥，抱著我去洗洗。」杜敬之說道。

「叫老公我聽聽。」

「不要，你叫一聲我聽聽？」

緊接著，就聽到「喀嚓」一聲，杜敬之一愣，立即睜開眼睛，發現自己另外一隻手也被扣住了。

「哥……」杜敬之立即叫了一聲。

「叫老公，老公讓你也試試什麼感覺。」

「我不想試……」

「我想。」

周末說的時候還在笑，笑得特別好看，卻讓杜敬之心裡發慌。

「別了吧……」杜敬之立即晃了晃手，想要試試看能不能掙脫，周末已經吻了上來。

親吻了一下，還故意逗他：「嘗到你自己的那東西的味道沒？」

「這麼說的話，你也嘗到了。」他也口過。

「你說得對。」周末握著自己的小末末，跟杜敬之的小之之放在一起來回蹭著，同時再次親吻杜敬之，沒有平日裡的溫柔，只是強勢進攻。

杜敬之不懼怕周末的吻，張開嘴迎接。

嘴裡是周末有些蠻橫的舌，身上有周末的一隻大手粗魯地撫摸，下面還被蹭著，兩根東西摩擦著，竟然再次擦槍走火，周末首先硬了起來。

不能掙扎的感覺並不爽，但是能肆意地欺負對方，這感覺很爽，剛才杜敬之就樂在其中。

現在，他成了被欺負的物件，周末顯得很著急，似乎是剛才就被憋壞了。

緊接著，周末推著他的肩膀，讓他仰面躺下，然後架起他的雙腿，搭在自己的肩膀上，扶著自己的小末末，直接進入了杜敬之的身體。

一舉進入。

「啊……你藉機報復。」杜敬之先是下意識地叫了一聲，然後才故作凶狠地說了一句。

「這叫老公的調教。」

說完，周末開始猛烈地抽插。

杜敬之的腿搭不住了，滑下來，周末就用手臂扶著，然後去看杜敬之的樣子。杜敬之被頂得意亂神迷，因為身體在劇烈晃動，鐵鍊也在有韻律地發出聲響，杜敬之想掙扎，手卻被扣得緊緊的。

「哈……哥，不行……嗯嗯……嗯……」杜敬之被弄得難受，身體就像浮萍，根本找不到支持，讓他難耐不已。

「叫老公。」

「老公……老公我錯了……」

周末忍不住笑，終於停了下來，拍了拍杜敬之的屁股。

杜敬之以為周末要幫他鬆開，結果周末只是壞心眼地說：「乖，換個姿勢。」

「操！」

周末沒管杜敬之的情緒，直接提著杜敬之的腰讓他跪在床上，杜敬之只能用手臂撐著身體，在周末再次進入的時候，他被頂得差點撞到頭。

周末用手握住了杜敬之的小之之，來回套弄，身體並不停，一刻不停地折騰。

杜敬之喘得厲害，卻還是忍不住罵人：「老子……把你那玩意割下來……你等著……打不死你……你……你他媽的……這幾天都別想碰我……嗯，嗯啊……」

兩個人幾乎是同時達到頂點，射了個暢快淋漓。

杜敬之有點虛脫地趴在床上，大口喘著粗氣。
周末還沒把他的拔出來，只是抱著杜敬之的身體，趴在杜敬之身上，親吻杜敬之的身體。
「你真是……老子就是把你慣壞了，臭不要臉了都，就你……別親了，跟你說話呢，現在道歉還來得及，把你那玩意拔出去。」
「小鏡子，我好愛你。」
「說這個沒用，現在道歉來不及了，這幾天你別想再碰我。」
「那就一次夠本好了。」
「啥？」
「我還想……」
「……」
「等我歇會，想想下一個什麼姿勢。」
「操，你找死！」
任由杜敬之如何罵都沒有用，周末還是讓杜敬之嘗試到了什麼叫做到腿軟。
周末什麼時候給他鬆開的，到底什麼時候帶著他去洗漱的，什麼時候換了床單，抱著他入睡的都不知道。
總之……杜敬之第二天走路腿都打顫，是被周末扶回家的。
監獄房的床真的是太硬了，跪久了真受不了，以後他們的家裡床一定要軟，能彈起來的那種，做起來估計更浪。
這是事後總結。

高寶書版集團
gobooks.com.tw

FH023
糖都給你吃 3

作　　者　墨西柯
譯　　者　華茵Cain
編　　輯　賴芯葳
美術編輯　Victoria
內頁排版　賴姵均
企　　劃　方慧娟
版　　權　張莎凌

發 行 人　朱凱蕾
出　　版　朧月書版股份有限公司
　　　　　Hazy Moon Publishing Co., Ltd
地　　址　台北市內湖區洲子街88號3樓
網　　址　gobooks.com.tw
電　　話　(02) 27992788
電　　郵　readers@gobooks.com.tw（讀者服務部）
傳　　真　出版部(02) 27990909　行銷部 (02) 27993088
郵政劃撥　19394552
戶　　名　朧月書版股份有限公司
發　　行　朧月書版股份有限公司
初　　版　2022年 02 月

本著作物《糖都給你吃》，作者：墨西柯，由北京晉江原創網絡科技有限公司授權出版。

國家圖書館出版品預行編目(CIP)資料

糖都給你吃/墨西柯作. -- 初版. -- 臺北市：朧月書版股份有限公司, 2022.02
冊；　公分

ISBN 978-626-95424-9-9(第3冊：平裝).

857.7　　110019158